愿你的青春终不被辜负

邓炳玥 著

南方出版传媒

花城出版社

中国·广州

图书在版编目（ＣＩＰ）数据

愿你的青春终不被辜负 / 邓炳玥著. -- 广州 : 花城出版社, 2018.7
ISBN 978-7-5360-8707-1

Ⅰ. ①愿… Ⅱ. ①邓… Ⅲ. ①长篇小说－中国－当代
Ⅳ. ①I247.5

中国版本图书馆CIP数据核字(2018)第157680号

出 版 人：詹秀敏
责任编辑：陈宾杰　周　飞
技术编辑：薛伟民　林佳莹
封面绘图：LXM－梅子
封面设计：

书　　名	愿你的青春终不被辜负
	YUAN NI DE QING CHUN ZHONG BU BEI GU FU
出版发行	花城出版社
	（广州市环市东路水荫路 11 号）
经　　销	全国新华书店
印　　刷	佛山市浩文彩色印刷有限公司
	（广东省佛山市南海区狮山科技工业园 A 区）
开　　本	787 毫米×1092 毫米　16 开
印　　张	14.75　1 插页
字　　数	178,000 字
版　　次	2018 年 7 月第 1 版　2018 年 7 月第 1 次印刷
定　　价	38.00 元

如发现印装质量问题，请直接与印刷厂联系调换。
购书热线：020－37604658　37602954
花城出版社网站：http://www.fcph.com.cn

目 录

Contents

Youth

1

Youth

Chapter 1

第一章　江南一中

车窗外，『江南一中』四个大字挂在校门口上，不像以前那些学校的大气，却显得古色古香，因为这个校门是一座牌匾，年代已久，亮玥也不知道有多久。校园里好多新生，好多家长，还有好多当志愿者的高年级学生。

OI

[入 学]

　　七月流火，八月未央。高一的新生入学，似乎总比其他年级要来得更早一些，或许学校的校长以为这样便能够让学生提前熟悉校园，以开展一段全新的生活吧。带着对未知旅程的小向往和小紧张，车慢慢地停下来了。

　　如果此刻妈妈也在这里，一定会看透亮玥的心理，幸好她坚持只让爸爸送过来，幸好这个学校的气息跟小学、初中不一样。"应该也不会再像以前一样吧？"亮玥狠狠地摇了摇头，正好遇上了后视镜里爸爸的眼光。爸爸的笑容还是那么阳光，跟车窗外的太阳有得比，就是多了一丝温柔。这么想着，亮玥也笑了。

　　车窗外，"江南一中"四个大字挂在校门口上，不像以前那些学校的大气，却显得古色古香，因为这个校门是一座牌匾，年代已久，亮玥也不知道有多久。校园里好多新生，好多家长，还有好多当志愿者的高年级学生。

　　爸爸在校门左边停了车，急急跑到车后，亮玥猜到了他将会做什么。果然不出意料，他从后备厢拿出三脚架。这是每一次全新的旅程中令人尴尬的一刻，虽然不情愿，但亮玥还是在催促下下了车，走向校门。此时，爸爸已经将相机调好了。

　　爸爸那严肃而紧张的表情重现了，每一次到新学校，爸爸都会更像是新生，而亮玥只能跟着紧张地站在一旁。但是至少她在镜头里露出了微笑，因为路过的新生又或者是师兄，都在盯着这边，也不知道是不是觉得爸爸的表情太正经，看着路人痴痴的脸，她就笑了出来。

　　高年级的志愿者跑过来帮爸爸搬行李，有意无意地总会瞄向亮玥，但是目光却没敢停留一秒以上，说话也低着头对着爸爸说，搞得爸爸也不怎么好意思说话。亮玥为了缓解气氛，跟爸爸悄悄耳语："师兄怕是第一次当志愿者，这么害羞。"

　　爸爸却一本正经地摇了摇头："我看他是对美色害羞，就像校门口那些男生。"接着又偷笑着望向亮玥，见她没反应，偷偷叹了口气。

　　亮玥像是没听到，又问了句"什么"。

　　走前面的师兄回头来看了一会儿，才发现亮玥并不是对他说话，又红着脸转过头。爸爸又偷笑两声："现在的男孩子看到美女都是这样呆呆的吗？"亮玥望向父亲，狠狠地打了他手臂。爸爸跑上前去，跟师兄聊了起来。

　　走了好长一段路，师兄回头又瞄了亮玥一眼："同学，这是你将要分配的班级。"话还没说完，又低下了头。

　　亮玥谢了一声，仔细看了门外的班级名单，并没有熟人。夏日的阳光射进了教室，有点晃眼，虽然课桌看起来残旧，但是教室很宽敞。

　　几位师姐帮忙过了手续，师兄又带着亮玥两人到宿舍区，一路都小声地介绍着。

　　江南一中很多学生都是本市的，住宿并不多，学生宿舍只有一栋。上面四层女生宿舍，下面四层男生宿舍，中间隔着一道晚上锁起来的铁门。

　　"虽然爬得高，但是蚊子少，而且热水够热，冬天的时候，你就会听到楼下男生在浴室惨叫。"师兄说着说着笑了，亮玥突然觉得这笑容好青涩，不知道自己留在镜头里的是不是也属于这种，能够分辨出属于青春的笑容。

六楼，爬到的时候，亮玥只是微微喘气，毕竟搬行李的是前面的师兄。605正好在中间，师兄估计是不习惯女生宿舍，急急走到605门口，急急地放下行李，急急地介绍一下，就急急地跑了。

爸爸在身后喊着："师兄慢点走，别摔了。"

"喊声谢谢啊！"亮玥带着歉意说，"真是尴尬，连师兄叫什么都不知道。"

爸爸说："刚刚我已经打探出来了，姓林，文学社的副社长。"

"文学社啊……"

02

—

[宿 舍]

605房，这将会是未来三年的住处，会比家更加亲近。而走进这扇门，里面将会有几个同学，可能是三年的舍友，可能是一生的挚友。

走进去是应该打招呼，还是应该先自我介绍？亮玥还没想好，就被后面的爸爸推了一把，踉跄地跨进去。

宿舍里有四个人？亮玥扫了一眼，应该是六个人。两个四十来岁的女人在床上铺床，地上另外四个人齐刷刷地扭头看过来。亮玥呆了一会儿，挤出微笑，对几个人都点点头才向窗边的空床位走去。

宿舍不大，只有四张架子床，窗边左侧和门口右侧已经有人。

窗边的女生看着亮玥，开口说道："可以自己选床位，然后到宿管阿姨那里签到。"

"谢谢啊，我就选这张吧。我叫于亮玥。"

"我叫陈香琳，她叫赵雨，我们以前同校。"门口的女生也看过来，点了点头。就这样认识了两个人，并没有亮玥以前心里想的那么复杂。

亮玥借口签到，将爸爸带出宿舍。

宿舍——教学楼——实验楼——操场，两个不认识路的人漫无目的地逛着。

爸爸拍了拍亮玥紧绷的肩膀："我看你的舍友很好相处啊！"

"是吗？你都没怎么观察她们。"

"相信爸爸的眼睛，我以前可是用超能力帮人看相的……"爸爸双指指着自己的眼睛。

"是这样看中了妈妈吗？"

"那是你妈妈看中我！"

"哈哈哈……"

回到605，宿舍里少了几个人。香琳和赵雨跟她们的家人已经离开，却有两个陌生人，站在窗口位置亮玥的床边。

年轻的那个衣着靓丽、短裤、鲜艳的adidas T恤；中年妇人则是普通灰色T恤，普通黑色长裤，普通得不能再普通的着装。窗边的阳光耀眼，衬得两人的对比更加明显。

年轻的女孩扭过头露出一个象征性的笑容，算是打了招呼，接着指挥中年妇人铺床。妇人像是熟知女孩的习惯，只看了她的眼神便唯唯诺诺继续做事。

一声"张妈"便验证了亮玥想法：大小姐和用人。

不知是看不惯女孩的颐指气使还是因为床位被占，亮玥没了新来乍到时的紧张感，走上前说："同学，这床位我已经先登记了。"

"是吗？我看没铺床，以为没人呢。"

"我只是还没铺床，宿管那边已经登记好了！"

"要不你跟我换换，我鼻子不好，得住通风的窗边……"

亮玥心又软了，毕竟别人身体有问题。

女孩又说道："张妈跟宿管熟，我一会儿就让她跟宿管说说……"

亮玥无奈地笑了笑："我叫于亮玥，月亮的亮，王加月的玥，去宿管那里好改点。"

"好的，我叫邱琪。丘耳邱，王加其的琪……"

晚饭，亮玥与香琳、赵雨相约在饭堂吃饭，邀请邱琪的时候，她说父母下班要接她到外面吃大餐，便一阵风跑了出去。

"亮玥，怎么跟她换床位了？"

"她说鼻子有问题，要睡窗边空气好。"

"怪不得一来就到窗边，我们说那里有人她也坚持要。"

"哦？……没关系啦。"

晚饭后，时间还早，学校也没什么安排，她们三人在校园里闲逛。

虽然学校地处闹市，但是隔不远就有条江，晚上散步也有丝丝凉风，这样的夏夜很舒服。足球场上的绿草，因为两个月没修理，有点长，漫过脚脖子，一路走去像有人在挠痒痒。在这里抬头，还能看到零零散散的星星，在别处已经很难看到了。

一步一步地走着，亮玥像在要求自己融入这个新环境。心境随着晚风慢慢地变化，一切看起来都没有那么糟糕。虽然前一刻她还想打电话跟爸爸说一句"你会看相，就缺会算卦，要不然估计能算到有些舍友不好相处"……

风慢慢地吹着，就像两年前一样，吹着吹着，心里的烦躁、焦虑都变淡了。就像路上的迷雾，远远看去并不知道里面有什么，但是走上前一步，风一吹，就会发现里面有的是下一步的路；也像树上的花，一瓣一瓣被吹下，虽然这么类比不是很恰当，但是落花后会结果，那个果是甜的。

"好的，一切都没那么坏。这学校，这舍友，这操场，这夜晚，我已经可以接受了。"心理暗示起了作用，亮玥不自觉就轻笑一声。

两个舍友在旁边好奇地问她笑什么。

亮玥找了个借口说："我刚想到，军训会不会就训练我们割草啊？"

"哈哈哈，草这么长，有可能。"

"不要不要，千万不要啊！"

03

——

[1 0 1]

江南一中重视成绩，据说分班是以成绩排名的。当亮玥她们走向101班时，旁人的眼光中有一种说不出的味道，比嫉妒更深层。这些都是曾经为进入这个一班努力过的人，毕竟进了一班就意味着一只脚踏入清华、北大这样的高等学府。

班主任是个年轻的女孩，扎着的马尾辫在她走进教室时一摆一摆的。

"大家好，我叫柯苑。这是我在一中的第三年，你们是我带的第三届学生……"

邱琪在旁边低声嘀咕着："这么年轻，能做好班主任吗？"亮玥扭头看了看她，学着邱琪露出一个象征性的笑容。刚刚邱琪在旁边坐下的时候她也只是笑了笑，因为香琳跟赵雨一定坐在一起，很容易就猜到邱琪会凑过来一起坐。

"或许你们会觉得我太年轻，带不好你们，但是可以告诉你们，去年我带的五班，最后总体成绩在一班之上。为什么？因为我很严厉，非常严厉，对他们要求很严格，所以你们千万别惹恼我……"

邱琪像被吓了一跳。是不是刚刚的坏话被老师听到了？她心里担心着。亮玥却从容地看着台上这个年轻的班主任，这个第一天就给学生下马威的班主任，感觉她那番言语只是做做样子吓唬人。当然，后来证实了亮玥的感受。这个班主任没多久就被学生们亲切地叫作"小柯"，她其实很温柔，也十分关心学生，所以整个班因她而凝聚。

一中有个很奇怪的安排，学生自己挑同桌，一个学期可以申请换一次。座位只要按照从低到高的要求，老师都不会过分干涉。

邱琪跟亮玥说："不如我们就做同桌吧。"亮玥大方地答应了。香琳跟赵雨自然也是同桌，其他不认识的同学都各自找了位置坐下。亮玥猜大部分都是同宿舍的人一起，以前就相熟的概率小。

柯苑在讲台上闲聊一样地说起她的学生时代。

"高中，是我记忆最深的学生时代。直到现在，我的朋友还是高中阶段的最多。小学六年，大家都懵懵懂懂；初中三年，大家都光顾着玩；高中三年，突然间意识到自己长大了，而且有了目标，一班人一起奋斗，现在回想起来依然美好。不过为了激励你们，我得说大学同样很美好，只是没这么纯粹。所以，我希望你们能珍惜这三年的时光，愿你的青春终不被辜负。"

亮玥的心像雨滴跳进了水里，一下子被激起了微微的、一圈圈的涟漪，直到扩散至全身。"愿你的青春终不被辜负"，她在纸上认真地记下了这句话，一笔一画，笔尖就快穿过纸张。邱琪咂了下舌头，不知是不是为了这句话。

"座位已经定下来了，"柯苑敲了敲讲台，"那么，我要讲一讲我们这个星期的流程。接下来，我们会选出两个负责人，主要负责军训期间教官跟我、跟你们之间的沟通……"

嗯，军训，这周最重要的就是军训，在太阳下晒到脱皮，在口号下踢着正步，不过呢，会变得更强。亮玥心里想着。

"那么，是不是有人自愿报名……"

柯苑的话还没说完，亮玥就第一个举起了手。邱琪没有想到亮玥会这么主动，连坐在旁边的香琳跟赵雨也被吓到。可能亮玥也被自己吓到，但自她从初中起决定主动改变自己，主动举手已经成为一种习惯。

邱琪顿了一顿也跟着举起了手。

"呀，两个女将……实在不好意思，怪我没说清楚，最好还是一男一女，这样要去男生宿舍沟通也方便点。"

邱琪唰一声站了起来："老师，我叫邱琪，初中时候我就当过军训的领队，我觉得我会比较适合这个任务。"

"那另一位同学？"

"老师，我叫亮玥。邱琪有经验，还是由她承担这个职位的好。"

邱琪露出了胜利的笑容，亮玥很羡慕她能够这么自信地笑。

这时候倒数第二排有个男生站了起来，寸头、白皙的脸、干净的嘴唇、没有褶皱的衬衫、简洁的黑裤，阳光经过窗玻璃的折射，照得他莫名有点耀眼，可也掩不住那种清爽。

"老师，男的负责人就让我来当吧，我叫马白。"

前排有女生说了句话，像是说"白马王子"，班里顿时笑了起来。柯苑也笑着说："好，白马……马白，你就当男负责人。"

柯苑又敲了敲讲台，收起笑容，严肃地说："大家都坐好了。接下来，我点到名的同学站起来，简单做一下自我介绍，我认识一下你们。"

"于亮玥。"

亮玥刚刚才坐下，又立刻站了起来："大家好，我叫于亮玥，我喜欢看书、美食、旅游和认识各种各样的朋友。比较擅长跳绳、舞蹈和钢琴。如果大家有共同的爱好，可以一起交流。谢谢！"

认识各种各样的朋友这个爱好，亮玥以前不会说出来，因为不是真的爱好，这是临时添加的。

"下一个，马白……"

04

[军 训]

当班里的同学按照柯苑要求，在教室外从低到高排好队之后，邱琪还没到。

早上，宿舍三个人都早早起床，邱琪被吵醒后却继续睡。等其他三人都穿好衣服准备出门的时候，又叫了她一次，她才答应着要醒过来。

教官很快就到了，走到队伍旁边，转身、立正、敬礼。柯苑带着大家大声说："教官好。"

"大家好！我叫……"

"不好意思，我迟到了。"邱琪气喘吁吁地跑到老师面前。亮玥有点替邱琪觉得尴尬，昨天晚上是她回宿舍通知军训的消息，她原话就是这么说的："明天早上8点半，教室门口排队，都别迟到了。"不知道她在其他宿舍是不是也这么通知的。

"这位同学，过来，在旁边站着。"教官把邱琪从老师旁边叫过来，"迟到的时候，应该是敬礼，然后喊'报到'！"教官训了几句，问了邱琪几句话，便要求她重新报到，教会她站姿、敬礼，又一遍遍要求她喊大声点。果然是个严肃的教官。

"不好意思，各位同学，刚刚被邱琪同学打断。我叫张小龙，从今天起将担任你们的教官。希望同学们在接下来的一个星期能够遵守我的规矩，好好训练。军训是……"

教官在说着军训的意义、作用，亮玥却在思考着教官的性格：各种军姿做得一丝不苟，没有任何多余的动作，他的严厉属于那种"不怒自威"，跟班主任柯苑刚好相反。在他的带领下，如果不能吃苦，估计就会吃苦头。这个想法又加深了一直以来教官的形象，都像恶魔，每一年都在摧残着新生花朵。

立正、稍息、敬礼，第一天训练的内容并不复杂，但当这些动作重复几十遍、上百遍之后就显得很困难了。张教官的要求很简单，谁做得不好，整班的人一起重复训练，直到整齐划一。一遍又一遍，亮玥想着不要拖了后腿，准确的时间、到位的动作，每一次都比上一次拿捏得更好，汗水也越来越多。

休息的时候，亮玥有点吃惊。张教官已经跟班里的同学打成一片，嘴角挂上了青涩笑容，看起来终于像一个二十二岁的年轻人。而那个叫马白的男生，已经跟教官勾肩搭背，在谈论着什么高兴的事，时不时笑出声音，旁边几个男生也跟着起哄。

女生不如男生放得开，三三两两地小声聊着，都是舍友之间的话题。亮玥回头的时候，邱琪正跟赵雨说着悄悄话，赵雨高兴地点着头。

再次开始训练，亮玥就猜到邱琪跟赵雨在密谋什么。恢复训练不足十分钟，赵雨就举手说头晕，邱琪跟着举手示意扶赵雨去医务室。张教官无奈地点了点头，亮玥看到旁边香琳一脸不屑。

第一晚，学校在篮球场挂了灯泡，算是军训的传统活动，美其名曰"夜训"，但主要还是由教官带领学生娱乐。

拉歌必须有，可惜张小龙教官拥有公鸭嗓，吼了一遍《团结就是力量》，便发现跟其他班没法比，坚决放弃。

"这么着吧，大合唱我们唱不好，来个搜罗！"张小龙很兴奋地说。

"搜罗是什么啊？"

"搜罗啦！懂不懂英文的，s—o—l—o！"

"哦哦，solo啊！"马白在那边飙出了标准的美式口音。

"英文这么厉害，是不是准备来唱段英文歌啊？"

"来就来，who怕who啊！"

马白很自信地站起来唱了经典的老歌 *Seasons in the Sun*。亮玥喜欢西城男孩的歌，偶尔也会单曲循环，如今听眼前这个男生唱起来，还真有种如沐春风的感觉，这夏夜也就不那么热了。

唱罢，张小龙又起哄："女生这时候是不是应该来一段舞蹈啊？"

女生还没反应过来，男生那边已经开始叫了，居然大部分在喊着："亮玥！亮玥！"

这场景似曾相识，三年前也差不多是这种情况。像那时候一样只能红着脸，低着头，看着自己的脚掌，一步步地走上前去？难道生活就像一个车轮，滚了一圈又是一圈，不同的路，但是车轮还是那个车轮？亮玥笑了一下，笑能够带给她力量。她告诉自己：如果是轮回，那她就要用不同的方法滚出去！

亮玥站了起来，快速走上前去，旁边的邱琪刚拉开双脚，准备起身，又恨恨地坐下了。

亮玥清了清嗓子："本来我是想唱《团结就是力量》的，既然教官开口了，那我只能在这个广场来段广场舞啦！"

"哈哈哈……"

其实，亮玥想跳一段孔雀舞，但是碍于服装，还是跳了一段自编的现代舞。没有音乐伴奏，在灯光下的亮玥依然显得那么优雅、漂亮，但是又充满青春的激情。如果说马白唱歌的时候空气是在受热膨胀，现在就是冷缩，将大家的表情冻住，都痴痴地盯着亮玥。

即使每天都会认真地擦防晒霜，但是六天过后，亮玥还是发现自己被晒脱皮了，脖子后面一摸就有细皮，洗澡的时候有种隐隐的灼痛感。女生中也就只有几个没有举手要求休息，亮玥只是单纯地觉得自己不比任何人差，就算体力方面也是一样，所以咬咬牙就坚持下去。

皮肤一点点黑了下来，脱皮后将会更黑。

"明天，我们将组织军训阅兵，今天我们的训练内容就是方队行进。你、你、你出来。"教官点了三个人，亮玥是其中一个，都一样黑，只是另外两个是男生。

"马白，明天你领头扛旗子，你们两个就走在旗手后面，带领方队前进。"

"好的，教官。"亮玥心里燃起一种荣耀感，自己将会带着班级的方队前进；还有一种熟悉的成就感，每一次坚持、每一次努力后都会得到的。

"现在开始练习！"

一个星期，都是艳阳天，没有一片乌云，更别说阴天、雨天。太阳挂在正空中，列队正好面向太阳，有点晃眼。主席台上站着什么人，不挡住阳光看不到，只能听着一个个领导在讲话。最后，还是一个领导言简意赅："阅兵仪式现在开始！"

塑胶跑道是新铺的，在烈日下有一股难闻的塑胶味。整齐的方队一个个踢着正步走过，喊着属于自己班级的口号。这是亮玥第一次觉得不那么讨厌的军训，也是第一次她能够一直坚持的军训。当操场上所有新生都在欢呼着"解放"的时候，她也大声笑了出来，"胜利了！"她知道对自己肉体上和精神上的改变又成功了。

下午，新生们将会跟教官告别。好多女生在这个时候都哭了，她们在这一刻才发现张小龙其实并不是魔鬼教官，有些依依不舍。

亮玥笑着问邱琪："这么依依不舍，是想继续训练吗？"

"其实，我是盼着他快点走的。"邱琪才突然醒悟。

轮到亮玥跟教官告别的时候，亮玥也有些哽咽，不知道说什么好。

教官拍了拍她的肩膀："毅力不错，好样的，男生都不见得像你这么能坚持。"

亮玥害羞地说："如果是以前我也不行，现在长大了……"

2

这一眼，毫无避讳，班里不少人都随着柯苑的目光，朝窗边的亮玥看过去。亮玥挺了挺背脊，承受住了十几道目光，然而，亮玥觉得迎面而来的目光并没有多少猜疑，甚至带有一种赞赏的温柔。亮玥拉了拉凳子站起来。

Youth

OI

[9 月 1 号]

"这天气，不会要下雨了吧？"香琳一早就盯着窗外。

"早不下雨，军训那时候把我们都晒脱皮了。"还在被窝里的赵雨有气无力地应着。军训后只休息一天，估计很多人都没恢复过来。

还是亮玥精力充沛，她从床上蹦了下来，开心地说："你们得换个角度来想，至少我们今天不用再被晒了，我可高兴死了！"

学校里面逐渐热闹起来，占地面积不大的一中这个时候显得有些拥挤。宿舍楼没有了空房，浴室开始要排队，饭堂也开始要占位。亮玥看着饭堂密密麻麻的学生才意识到，这种生活今天才刚刚开始，而且将会持续三年，心里有了一丝茫然，即使最爱的阴天也阻止不了她此刻的悲观。她打完早餐，坐到邱琪旁边，看着她，突然又冒出了一个念头：三年后，旁边坐着的这三个舍友也是自己的竞争对手，而这三年拥挤的生活，就为了那一刻，值得吗？

"忘了说，今天有开学仪式，老师通知我们要早点回班里。"邱琪的脸一下子从碗口移了上来，被亮玥的眼神吓一跳后，才想起昨晚就应该说的通知。

"啊？你怎么搞的……这个时候……才……说。"香琳看了看表，大口大口地往嘴里塞馒头。

　　一个星期的军训，赵雨跟邱琪走得越来越近，但是香琳却对邱琪有点冷淡，有点反抗意味地跟亮玥处好关系。亮玥倒是无所谓，谁都一样，都是舍友。可是香琳却误以为被抢了床位、被抢了负责人，亮玥一定很不满，所以时不时提一下。亮玥听到的时候只好一笑了之，也不回应。

　　亮玥问邱琪："班里其他同学通知了没？"

　　邱琪喝了大大一口粥才说："说了说了，就是昨晚我回宿舍太累所以忘记跟你们说。我说这么奇怪，饭堂里就只有这么几个被晒黑的。"

　　果然等亮玥四人到教学楼的时候，好多教室门口的队伍已经排好了。

　　一中的教学楼分为两个区域，后面的区域是个口字形，有四层楼，分布了高一到高三十几个班级。中间有一个大大的花圃，供这些班级的学生课间养眼。而靠近操场的那个区域，四层楼只有三个班，而且教室外能看到的都是对面的空教室，光秃秃的没有任何景色。这三个班就是101、201、301，或许学校是认为这样有利于顶尖的学生心无旁骛去学习。

　　亮玥看了二、三班的同学，赶紧跟着其他人跑到自己教室去。柯苑已经在清点人数，脸色难看，应该已经知道她们四个人迟到了。幸好，柯苑还没来得及发作，操场的扩音器已经响起，要求所有新生提前到操场集合。

　　高一新生入场排好队后，高二、高三的学生才慢慢走进来。他们一边走着，一边饶有兴趣地看着眼前这些黝黑的新生。这种感觉，不是"你站在桥上看风景，看风景的人在楼上看你"，而是"你在动物园的笼子里，他们在笼子外看你"。

　　"高二、高三的同学尽快排好队，开学仪式要开始啦！"主席台上的声音有点熟悉，像是军训时候最后下命令的那个领导。亮玥很快就被那声音吸引过去，不去在意师兄师姐的目光。

会议开始后，都是循例的介绍。原来那个领导是副校长；原来学校门口的牌匾有六十岁；原来学校的校训是"厚德载物"……

校训听了一半，亮玥前面的女生转过头来说话，就这么打断了，亮玥记得她叫慧儿。她是对着亮玥身后的邱琪说的："邱琪，你又迟到了！"

"哈，没办法，军训后太累了，就给忘了。还好班主任没发作。"

"是啊，这个班主任自己说得很凶，但我听认识的师姐说，她其实很温柔。"慧儿的目光移到亮玥身上，"对了，亮玥，你记不记得我？"

"嗯？记得啊，是慧儿！"

"你真记得我？怎么不跟我打招呼啊？"

"啊？记得啊，班里的同学我记了大半，认出来的我都有跟你们打招呼啊！"

"不是，我是实验中学的麦慧儿啊！之前我们因为要出黑板报，有交流过一次。记起来了吗？"

亮玥听到"实验中学"的时候就记起来了，那个被她深埋在心里某一个阴暗角落的记忆开始突破，不断地涌出来，用一种很复杂的情绪不断箍紧亮玥的心。

慧儿还在继续说着："也怪不得你不记得，我们就交流过一次。不过我一开始也没认出你，看你的样子完全变了，还敢在大家面前跳舞，我还以为是同名同姓呢！不过后来我询问了以前的同学，才确认是你……"

亮玥听得不是很清楚了，她不确定是自己的精神有点恍惚，还是慧儿的声音跟台上领导的声音糅合在了一起。可是"实验中学"这个词却在她耳蜗不断地盘旋着，久久不肯散去，比夏日的苍蝇还令人讨厌。

一滴、两滴、三滴……亮玥很肯定这不是自己的眼泪。

那么，这就是今天的及时雨。雨滴越来越多，越来越大颗。台上的领导不得不终止连国旗还没升起来的升学仪式，让学生回到教室去。学生们鱼贯而出，乱成了一团，还好操场的出口足够大。

回到教室，慧儿又凑了上来："亮玥没事吧？脸色看起来不大好。"

"啊！慧儿，我想起你来了。我没事的，只是刚刚突然淋了雨。"亮玥扫了扫衣服上的雨珠，在这一瞬间决定以后要尽量避开慧儿。不跟她有太多的瓜葛，心里应该就不会不舒服了，"慧儿，我回座位啦，下次再聊。"

慧儿还没反应过来，亮玥已经走回座位上了。邱琪凑上来，八卦道："干吗？玥美人不理你啊？"

"不会吧，估计淋了雨不舒服而已。你去关心关心？"

"呵呵。"邱琪也转身回座位去了，只是并没有关心亮玥，而是拿出镜子整理头发。

开学的第一天，时间过得异常缓慢。领导更改了讲话方式，通过教室的喇叭跟学生继续开学仪式讲话，也就将开学第一天的第一堂课变得无比漫长。这种漫长让新生昏昏欲睡，但却让高二、高三的学生更加蠢蠢欲动。下课铃一响起，大部分的高年级学生就拥出教室，奔向高一教室。很显然，操场上短暂的开学仪式并没能满足他们的观光欲望，还得继续巡视一番，这样才更像是参观动物园。

师兄师姐们一个个班级外面走过去，三三两两地看着，轻声笑着。有些逗留得久点，有些几步就从前面走到后门。101班门口却站了不少高年级的男生，他们逗留的时间比在其他教室要久。

亮玥就坐在走廊窗边，一抬头，窗外就是一个个高大的身影。她依稀能听到他们在外面讨论着："以前只听说过成绩很好，怎么没人说她很漂亮啊！""是啊，好像说变化很大，慢慢才变漂亮的。""老天真是不公平啊，又让人生得漂亮，又让人生得聪明，怎么我们班里就没有这种人呢……"

亮玥环顾了班里一圈。确实，班里女生的外貌相对其他新生班是好看不少；跟高年级的师姐比，皮肤是晒黑了，但是显得更加有活力。

这时候，后排的好几个男生都站了起来，在马白的带头下，走到了教室外面。他们也没做什么，就是成排地从教室后门走到教室前门，然后又折回来，偶尔咳嗽几声。慢慢地，围观的人就散去了。

亮玥看着领头的马白笑，真是个有趣的人。

02

[超 能 力]

马白，确实是个有趣的人。其实，班里有不少有趣的人，只是马白从一开始的表现就很抢眼。

马白长得高大，肌肉看起来也很结实，只有经常体育锻炼的人才能有这种感觉。可是把他当成是那种四肢发达、头脑简单的人，那就大错特错了。如果之前邱琪说得没错，点名册是按分数排的，那马白应该就是年级排名第二的人。先不论证邱琪的说法是对是错，能够那么快跟教官和其他男生打成一片，还能带队驱赶高年级学生，这些都能看出他是一个情商很高的人。

而跟马白相对应的有另外一个男生，总是给人冷冷的感觉，他叫李哲。也是一个成绩很好、长得好看的男生，而他的那种好看，是一种冰冷的清秀，给人一种很难接近的感觉。所以只有同桌的男生跟他聊天，没有见他跟其他人玩。女生应该会比较喜欢这种类型的男生，像极了韩剧的男主角。赵雨跟香琳就曾经在夜谈会的时候，盛赞李哲的帅。邱琪当时为了显得自己见多识广，说自己对他不屑一顾，以前她的同学有更加帅的。

邱琪也是个有趣的女生，在点名册上排名第三，当时的她听到老师第三个点自己的名字，显得很高兴。香琳在宿舍里问过邱琪的家庭，亮玥不小心听到了，她是个大老板的女儿，父亲因为房地产，这几年越来越有钱。邱琪从小就有保姆照顾，父母很少管她，只是满足她吃得好，穿得好，住得好。如果不是家庭教师建议她父母让她住在学校宿舍，她就会在附近租一间房子住下来。听起来像是受了很大的委屈，可是亮玥理解不了，自己的爸爸也是一个董事长，但自己从小就被教会独立。这种观察旁人的能力，也是爸爸教的。

小时候，亮玥很怕跟陌生人交往，爸爸说是因为他还没将祖传的超能力传授给她。后来，爸爸有意无意地就会让亮玥试着去观察别人，从别人的衣着、谈吐、举止去看，然后试着去分析这个人。亮玥慢慢长大，才开始慢慢习惯跟陌生人接触，也就知道爸爸的超能力只是来源于他的工作经验。

搬进宿舍的第一天，爸爸就说香琳跟赵雨好相处，其实说得也没错。这两个舍友都是比较普通的人，赵雨可能缺少一些主见，但是跟香琳一样都好脾气。不过香琳看不惯邱琪的一些做法，所以在宿舍里有时候显得不耐烦。如果赵雨跟邱琪太过亲近，香琳还会有点生气。有时候亮玥看着就会笑，因为香琳很重视跟赵雨的友情，而赵雨却是神经大条的女孩子。

亮玥知道自己现在已经不是以前的小女孩，并不怕跟陌生人接触，但是观察别人这种"超能力"她还会坚持使用。因为从进入一中开始，身边的人就都是三年后为了同一目标奋战的人，要考到更好的大学，就得知道这些潜在的竞争对手能力如何，学习成绩怎么样。只要站在这些人的顶点，就能够进入顶尖学府。也就是知己知彼，百战不殆。是谁给了自己跟周围这些人这个目标的？亮玥想不明白，可能这就是高中生的命运。

麦慧儿呢？亮玥不知道自己是不是还没逃出初中的那段命运。现在只能不去观察慧儿，不去理会，反正现在已经是进入高中的时间。

唉，如果爸爸的超能力是知晓命运，那该多好！

03

—

[排 行 大 榜]

第二节课是历史课，授课的李老师是个老教师。灰白的头发和反反复复的说话方式，让人觉得他像是六十多岁，后来课代表反复强调李老师只有五十岁，没人愿意相信。

亮玥并不喜欢这样的讲课方式，虽然李老师曾经教出过考高分的历史生，但那已经是在高考改革前好多年的事了。现在这种讲课方式只会让人昏昏欲睡，亮玥就是其中一个坚持不住的人。她点着头，点着点着就趴在桌子上，直到被李老师敲了桌子。

"这位同学，中国的朝代是什么样的顺序啊？"

亮玥清醒了一下，随口就念出了从小就会背的朝代歌："三皇五帝夏商周，秦汉三国两晋忧，南北隋唐五代尽，宋元明清帝统休。"

邱琪在底下偷笑，亮玥看了一眼她的笔记，才惊觉自己背的歌跟老师讲的是不同版本。

"嗯，也没错，记多一首也能增强记忆。只是别趴在桌子上，训导主任经常安排老师抓睡觉的学生。"

李老师就这样网开一面放过了第一堂课就睡觉的自己，亮玥突然觉得这个老教师也挺可爱的，以后要好好听课，报答这一份"恩情"。

铃声响了，教学楼又是一片欢腾。虽然说一中是本市最好的高中，好多学生都戴着厚厚的眼镜，但他们不全是书呆子，下课后该怎么闹还是怎么闹。101班外，很快又围了好多人。

亮玥喜欢阴天，喜欢雨，但是不喜欢雨后的夏天，一切都显得黏稠。虽然门外站了好多人，但洗手间还是要去的，得洗个脸，不然下节课一定又打瞌睡。

"出来了，出来了……"一阵欣喜的窃窃私语。

亮玥看了看周围，并没有人，难道他们从一开始在议论的就是自己？

"真的很好看啊！"

自己真的有那么好看？能引得他们从早上到现在都在讨论？亮玥不太相信。但是不相信不行，那么多双眼睛，齐刷刷地看向她。虽然亮玥很想说这不礼貌，可是心里也挺受用的。以前只知道自己长得"还可以"，并不知道自己"很好看"啊！以前并没有人说，现在却有这么多人盯着，就像一个质的飞跃，一下子跳到另一个层次。

"真的是第一名？"

"是真的，我上次看过新生的排行大榜，就是第一。"

排行大榜？亮玥红着脸，稍低着头走向厕所，但是却细细留意着周边的人的谈话。排行大榜难道就是我们入学的全年级排名？如果有了这一份排行，那不就可以知道班里的竞争对手有哪些？在这三年内不就可以知己知彼？

"老师，我想看一下排行大榜。"亮玥在放学后向柯苑提出了要求。

"排行大榜？"柯苑看着眼前的亮玥，她的眼神中有点惊讶，"学校为了学生的隐私，一般都不会给……普通学生看的。"柯苑的话中有话。

"是这样的，按照学校规定，老师和班干部的话可以参考排行榜做事，可是普通学生不给看。"

"可是老师，我想知道自己在全级排名多少，这样我才能为接下来三年做好计划。"

"规定就是规定，老师我也挺为难。"柯苑又转换了语气，"要不这样子，老师我先给你做个短期计划，当班长！当时选负责人你不是也举手了，老师看得出你很有勇气。如果当了班长，也就能满足你的愿望，给你看排行榜。"

班长？勇气？老师你是不是认错人了？亮玥差点问出来。亮玥是有勇气改变自己，也正在努力，所以当时才会习惯性地举手想当负责人，可是她很清楚自己没有勇气去当班长。

"老师，不行的，我以前没经验，同学也不会选我，而且我只想好好学习。"

"当班长不需要经验，像你这样多才多艺，又敢于承担、能吃苦的就很好。"亮玥没想到班主任对她的评价这么高，她并没有做过什么事啊。柯苑又继续说道，"至于学习，当上班长你就能看到排行大榜，有了排行大榜你就能更好地做学习计划，有了学习计划你就能更好地学习！"

"可是……可是……可是班里的同学不一定选我啊！"

"只要班里的同学选了你，就当班长对吧？好，就这么决定了。"

亮玥这才知道，自己被带入了一个坑，可能是柯苑挖了很久，但临时决定带进去的坑。既然柯苑都说到这个分上，那就硬着头皮上吧！就当作是一次锻炼，自己也想变得更强大。

"好吧，老师，如果您觉得真的可以……"

"那就这么说定了，"柯苑转身从办公桌的抽屉里拿出一沓文件，"这就是排行大榜，你拿去看看。"

"不是说要班长才能看吗？"

"是啊，我已经认定你是班长了！而且，你已经答应了，一言既出……"

"驷马难追！"

亮玥在晚自习的时候打开了排行大榜的表格。这个表格里面只有高一学生的，应该就是按入学考试的分数排名。柯苑能够那么容易拿出这份表格，证明并不是很机密的事。甚至，很有可能有些老师会以这份表格来给学生订立目标。

亮玥打开了第一页，第一个名字真的是"于亮玥"。虽然已经听邱琪、香琳提过数次，可是当真的看到排名时，还是很惊喜。

第二个名字是"马白"，果然不出意料。

然而，第三个名字并不是"邱琪"，而是"李哲"。再看下去，邱琪的名字排在了第十一，并不是她自认为的第三名。香琳是在第七名，而赵雨则在第十名。

整个排名跟柯苑当时点名的顺序是有点不同的，看来柯苑也是一个很有趣的老师。

04

[竞 选 班 长]

亮玥看了整个年级的排名，前三十名自然都是班里的人，后面的只须粗略看过就行，可能以后会出现劲敌，但也只能等月考过后才知道了。

在两百多人中，排名第一，亮玥转念一想，才知道这也有点恐怖。排名第一，就意味着后面有两百多人在追赶着；也意味着自己再努力也只能保住第一，可是不努力，就可能被人超过。"我欲乘风归去，又恐琼楼玉宇，高处不胜寒！"不知为何，脑海里突然就冒出了这段词。而目前"最寒之处"，则是被柯苑挑中了的当年级成绩最好的班的班长，可是说了"驷马难追"，也就不能再后悔。

以前的亮玥不可能当班长，退一步，当个其他的班干部也不大可能。所以，真的没经验。当她问了邱琪之后，邱琪是这样回答的："一般来说，军训的时候当了负责人，那么就有很大机会当班长。所以，我可能就是班长噢！"

原来要想当上班长，还是有竞争对手的。亮玥笑了，这个竞争对手真是无处不在啊！

"军训已经结束，你们现在真正进入了高中生活。为了能够更好地为大家的高中生活服务，我希望你们能在这一节课选出一位班长。军训时候两位负责人作为候选人，还有没有其他同学自愿报名竞选？"班会课上，柯苑提议竞选班长，而且说完还意有所指地看了一眼亮玥。

这一眼，毫无避讳，班里不少人都随着柯苑的目光，朝窗边的亮玥看过去。亮玥挺了挺背脊，承受住了十几道目光，然而，亮玥觉得迎面而来的目光并没有多少猜疑，甚至带有一种赞赏的温柔。亮玥拉了拉凳子站起来。

"我也想竞选班长。"

底下居然传来了稀疏的掌声，继而全班就像被某种奇怪的氛围感染，都莫名其妙地鼓起掌。或许真该问问第一个鼓掌的人是为了什么，但是那个声音已经淹没在所有的掌声中。

柯苑在黑板上写下了"马白""邱琪""于亮玥"之后，便没有人再报名。亮玥很疑惑，这是不是全都是柯苑的计划？后来柯苑是这么跟亮玥解释的："我用了一年的时间去观察和调查，每年的一班都有这样的现象。他们都是成绩很好的尖子生，但是除了个别很有表现欲望的，极少会主动要求当班长。所以，我只是顺水推舟，再不济，你也应该能当个副班长。马白主动退出，邱琪就不足为虑了。现在就辛苦你当班长啦！"

班长候选人要上台演说，马白上台就声明："对不起，老师，我因为还要兼顾校足球队，所以只能退出班长的竞选。不过，体育委员我是可以做的。"

柯苑显得异常高兴，爽快地把马白的名字擦掉，然后批准他当体育委员。

邱琪上台演讲，讲得天花乱坠，总结起来却很简单：她从小就是班干部，而且做过六年班长，经验丰富。如果当上了班长，她一定让班级每月都拿最佳，她一定尽心尽力做到最好。

　　在大家的掌声中，亮玥却听到了后排男生的窃窃私语："军训迟到、带头溜号、开学又迟到，也真是尽力啊！"亮玥差点笑出来，可是一想到接下去就得自己上台演讲，怎么着也笑不出来。

　　亮玥有点紧张地走到讲台上："我以前没有做过班长，甚至其他班干部都没有做过。班长这个职位，对于我来说是一个很大的挑战。就像四肢不协调的我去学了舞蹈，就像瘦弱的我将整个军训过程都坚持了下来，就像我现在勇敢地站到讲台上来。我不知道能够带领大家做得多好，我只希望我这种勇气能够感染到所有人。高中三年，是充满艰辛的三年，特别是在一中，在一班，我们都要为未来努力，我希望大家能够为接下来的三年奋斗。"

　　这一次的掌声很响亮，比前两次响亮。于是乎，票数最多的亮玥就顺理成章当上了班长；邱琪的票数来源于她的小团体，柯苑决定还是由她当副班长。

　　亮玥回到座位，看到了邱琪推过来的纸条：你跟班主任有关系？

　　"没有啊。"亮玥疑惑地回答。

　　邱琪又在纸条上写：我好几次看到了你去办公室找她，这次竞选不公平！！！

　　"我只是去找她借东西。"

　　可惜邱琪不信，就像亮玥不相信自己真的当上班长一样，可是还能怎么解释呢？亮玥也有点可怜邱琪，但是班里的投票并没有造假啊！

3

第三章　纷争

炎热的夏天，像是开水炉下的那把火，能够让水煮开后还一直翻滚着，也就能够让邱琪的怨气不断地积攒。

Youth

OI

[宿 舍]

炎热的夏天,像是开水炉下的那把火,能够让水煮开后还一直翻滚着,也就能够让邱琪的怨气不断地积攒。

可怜的是,饮水机下面没火,任邱琪怎么拍,水就是烧不开,她肚子饿了,正准备泡面吃。明明之前亮玥用的时候还好好的,这一点,也一样触怒了邱琪。

"前一个用的也不知道是谁,饮水机都要搞破坏,现在水烧不开,让我怎么吃面啊!成心想让我挨饿是不是?"说完了又拍一拍,饮水机的灯还是没跳,"怎么就有这样的人呢?什么都要争,连开水都要争。"

亮玥在看书,只当听不见。

赵雨却没听出弦外之音,不知道邱琪在说什么:"你在说什么?饮水机坏了吗?我看看……"她跳下床,拿了杯子到饮水机接水。水是滚烫滚烫的,就是灯不亮,"估计只是灯坏了,水这么烫,肯定煮开啦。"

那边香琳也就接着呛了一句:"别光顾着发牢骚,赶紧接水试试,不过说不定里面还有毒。"

邱琪本来已经开始接水,听到这句话,把整桶方便面往地上砸去,汤、面流了一地,然后头也不回就跑了。

赵雨站在旁边被吓了一跳,走到门口探出头,已经看不到邱琪的身影。

"已经不知道跑哪儿去了，怎么可以这样啊！"

亮玥默默站了起来，走到门后拿出扫把、拖把，憋了很久才说出一句："我来清理吧。"

"为什么你要清理啊？放着，等她回来自己清理。"

"天气热，放着不理一会儿味道就很难闻了。"

亮玥在宿舍和洗手间来回几次，才把地板拖干净。再看书，却怎么也静不下心来，总觉得自己是不是应该对这件事负责。如果不是自己在选军训负责人的时候举手？如果不是自己在军训的时候死撑着？如果不是自己想去借排行大榜？很多很多的如果……如果邱琪回来，能够跟她谈一谈就好了。

可是没有如果，连邱琪都没等到。宿舍的关灯铃已经响了，宿舍门已经关上。亮玥在床上等了好久，慢慢睡着了，还是没等到邱琪回来。将近12点钟，才迷迷糊糊感觉有人开了宿舍门进来。

果然邱琪跟宿管阿姨很熟，这么晚都能回宿舍，她还故意弄出很大声响。亮玥被彻底吵醒了，感觉香琳和赵雨也被吵醒了，只是没有人出声。亮玥心里还是有点可怜邱琪的，只是可怜之人必有可恨之处，看到她这么晚回来还制造噪声影响其他人，心里反而负担没那么重，转了转身，面对墙壁就睡过去了。

02

[班 里]

早上，邱琪还是照常起床刷牙洗脸，但是比平常慢了几分钟。赵雨催她："邱琪，快点去吃早餐，不然又得迟到了。"

"有某人在，我就不跟你们一起，免得我也变成那样。"

赵雨理解错了，就上前拉着她说："昨晚香琳就只是开个玩笑嘛，她不是那样的人，你别生气嘛！"

"不是啦，你……你……你……我就是不跟你们吃！"

旁边香琳就一直偷笑，笑完拉着赵雨跟亮玥走下楼去了："赵雨，你别管那么多啦，都没你事。"

"大家都是舍友，怎么没我事。都怪你，笑她说水有毒，不然怎么会那么生气？"

"这真不关我事啊，你这笨蛋！"

亮玥叹了口气："好了好了，别吵了，我们快去吃早餐吧，再迟点又得排长队了。回头我再看一下邱琪这边怎么处理。"

"好的，好的，班长大人。"

"别这么叫啊，不然邱琪听到不知道心里又得怎么想了。"

赵雨傻傻地问："那是不是得叫你正班长大人，叫她副班长大人……"

"哈，说你是笨蛋，还真的越来越笨了。"

邱琪没有迟到，只是踩着铃声进教室，也不知道是不是又没有吃早餐。她坐下后，身体就往45°角倾斜，右手托着脸，完全不看亮玥。一整节早读课，她都保持着这个姿势，居然也不会累。

早读课结束，亮玥拍了拍邱琪肩膀，还没说话，邱琪就拿出耳机将耳朵塞住，又别过脸不理她。亮玥没办法，只得写了张纸条："我只是想告诉你，你还没去拿点名册。"按照一中的规矩，副班长要每天早上负责将点名册从教师办公室送到班级讲台，下午下课后，由班长将点名册送回办公室，做个简单汇报。

邱琪还是坚持不看字条，亮玥直接拿起纸条，放到了她眼前，将纸条展开，一个字一个字地指着。三秒钟之后，邱琪才恍然大悟一样，赶紧摘下耳机，跑到办公室取回点名册，赶在数学老师进教室之前将点名册放好在讲台。

第一节课的数学老师姓王，性格真的很像王，特别暴躁，如果有学生做得不对，就怒睁着眼睛，然后用充满逻辑性的语言说得他无地自容。邱琪之前就有一节课被点名批评过，因为她开小差没听讲，最后还是亮玥偷偷告诉了答案，邱琪才能将题解出来，要不然还不知道会被王老师教训多久。

亮玥在课上又传了张纸条给邱琪：别生气了好吗？

邱琪回复：我没生气，我只是讨厌那些用下三烂手段去竞争的人。

亮玥只能回复：我没想跟你争，我也没用下三烂手段。

王老师正在台上讲着集合，邱琪突然举手站了起来说："老师，班长老是要跟我传纸条！"亮玥在底下尴尬得有点不知所措。

"班长，来，你上来做这道题。"王老师黑着脸指着黑板上的题目。

某专业有学生50人，现开设甲、乙、丙三门选修课。有40人选修甲课程，36人选修乙课程，30人选修丙课程，兼选甲、乙两门课的有28人，兼选甲、丙两门课的有26人，兼选乙、丙两门课程的有24人，甲、乙、丙三门课程均选的有20人，问三门课均未选的有多少人？

亮玥看着题目，原来是三集合概念的题。定了定心，就在黑板上写下：50-（40+36+30-28-26-24+20）=2。

王老师的脸色又变得好看了："以后别在课堂上分心，有什么班务须要处理等下课后。"

亮玥点了点头，这才低下头走回座位上。她看了邱琪一眼，邱琪虽然面露得意，但显然还是觉得不够。亮玥叹了叹气，不再理她。

03
—

[麦 慧 儿]

亮玥当上班长以来，倒是没遇到过什么要处理的大事。一中整体的氛围并不像以前待过的学校，打架是不可能的，盗窃、欺凌这些大事也没听说过。反而总在捣乱的，就是副班长——邱琪，她老是针对亮玥，惹出不少麻烦。

　　开始的时候，亮玥也觉得自己心中有愧，毕竟是柯苑将她推了出来，竞选那时候的目光至今印象深刻；毕竟是她又站了出来竞选，抢了邱琪的票数。可就像弹簧一般，偶尔拉一下，弹簧还会恢复原状，但一直拉着，弹簧就会变形。邱琪的无理取闹多了，亮玥心里的愧疚反而就少了。一次、两次、三次，亮玥慢慢也不觉得愧疚，反而觉得自己做得并没有错。军训负责人是她决定让出的；班长的职位是自己选择的挑战；班长的竞选是班里的同学公平投票选出来的，当之无愧！

　　邱琪要怎么想，亮玥已经决定不再管了，管不着，也管不了。只要邱琪别做出格的事影响到其他人，亮玥可以把她透明化处理。

　　事情也真的很奇妙，因为亮玥的冷处理，邱琪的脾气无处可发泄，感觉就快消停下来了，就像力的相互作用一样。

　　而这边消停下来，另一边麦慧儿又怪异地对亮玥热情起来。这就是负能量的守恒定律吧，某一方衰弱，另一方就会增长。即使这么说不尊重同学，但是亮玥还是打从心里认为麦慧儿的热情，对她来说也是负能量。

　　"班长，班长，今天你值日，我帮你吧！"

　　"不用，谢谢啊！"

　　"班长，班长，中午吃饭我帮你占位子吧！"

　　"不用，谢谢啊！"

　　"班长，班长，晚上吃完饭一起散步吧！"

　　"不好意思，我要学习。"

　　……

　　一连串的帮忙和邀约，亮玥都礼貌地拒绝了。可是亮玥一直想不明白，三年前对她一直没有多热情的麦慧儿怎么会变成现在这样，直到香琳透露了这个消息：

"我也是从赵雨那边听来的，你别说出去，赵雨也让我别说出去。她说，麦慧儿之前迟到好几次，你又不顾情面每次都报告给柯苑，结果就让她被柯苑骂得狗血淋头。后来邱琪就教了她方法，让她来讨好你，说你是柯苑的心腹，如果讨好你，以后就不会被登记，还能跟柯苑搞好关系，一举两得。"

所以，才有了一周以来如此幼稚的行为。亮玥这下子明白过来了，原来负能量并没有此消彼长，而是邱琪换了另外一种形式来折磨她。

亮玥本身就排斥麦慧儿，这一下，也只能将她列入邱琪的队伍，努力将她透明化了。初中同学的情面并不算什么，更何况是那个完全不想提起的初中。

04

——

[暴 风 雨]

何谓臭味相投？在亮玥看来邱琪跟慧儿就是臭味相投。

每一次慧儿到宿舍找邱琪，谈的永远都是衣服、美妆、偶像剧等话题。慧儿会眼馋着邱琪新买的各种名牌货，邱琪则会听着慧儿对各个偶像的分析。

　　自从亮玥开始无视慧儿的示好之后，邱琪、慧儿两人更是站到了同一战线，有一种想要推翻政权、打倒班长的决心。亮玥替两人的父母觉得欣慰，至少这两个人并不单纯只会喜欢名牌，她们还有某种自以为崇高的理想。

　　天气转凉，邱琪的脾气、慧儿的热情也随着温度慢慢冷却了。没有了麻烦，日常的工作也不会占用自己学习的时间，亮玥更乐于做一个潇洒的班长。

　　周五第八节课是体育课，上完就可以过一个愉快的周末，像亮玥她们这些住宿生就可以趁着周末两天假回家。

　　第七节课是数学课，王老师拖了八分钟堂才让学生下课。他一走下讲台，一班的学生都已经蜂拥而出跑向操场，不然迟到了又得挨体育老师的训。亮玥等所有同学走完，她才锁上门，赶紧到操场排队集合。

　　体育课相安无事，可是下课回到教室时，教室的后门却打开着。亮玥还在疑惑是谁开了门的时候，邱琪已经着急着跑进去找她的签字笔。

　　"啊！我放桌上的笔不见了。"亮玥觉得邱琪的声音虽然大，却听不出一丝慌张。她努力回想了一下那支笔，黑色的签字笔，邱琪说是两千元买来的。

　　后来的同学一知道门没锁，而且丢了东西，也急急忙忙地搜自己的书包。幸好，没其他人丢东西，丢的只有邱琪的笔。不出一会儿，柯苑来了，走在她前面的是麦慧儿。

　　"老师，刚刚去上体育课门没锁，结果我的万宝龙笔不见了！"

　　"亮玥，你忘记锁门了吗？"

"我锁了，我等其他同学走了后就前后都锁上。"

"是不是被撬了锁啊？"柯苑走去后门查看。

李哲一直站在后门，他说："没有，刚刚进来的时候我就看过，没撬锁的痕迹。"

柯苑大声问："有谁开了门吗？"

邱琪在旁边说："大家都没有钥匙，钥匙从上个月就交还给班长管理了！"

话题又回到亮玥身上，目光也回到亮玥身上。亮玥回忆起什么，那时候也是很多的目光聚焦在她身上，带着好奇，带着疑问。

"我……我……我真的锁上门了！我还检查了一次，前后都锁上了。"亮玥的眼睛红了，最后一句话她是喊出来的。好久没试过这种委屈，好久没背过这种重压，如果不喊出来，她怕自己会崩溃。

如果不是班长，是不是就不会遇上这种事？

柯苑走过来拍拍亮玥的肩膀："没事，不急。还有其他人丢东西吗？"

柯苑看了一圈，也没人点头。旁边的邱琪却在煽风点火："哼，也不知道是哪个小贼，专门瞄准我的笔来偷！不过肯定是内贼，内贼才会注意到我的笔。"

柯苑瞪了邱琪一眼，示意她别出声："这就不好办了，只是丢了笔，如果金额够大，我们还可以报警处理。"

香琳听到了这句，不知道是不是有意，在旁边积极地响应："报警！一定要报警！金额已经足够大了，邱琪的笔听她说是两千买回来的。让警察来找找看到底是有内贼还是内乱！"

亮玥听到这里，也听出来香琳意有所指。

"这……不用吧。"邱琪顿时没了一开始誓要找到窃贼的气势，弱弱地说，"要不算了，其实那笔还不到两千，也没有其他同学丢东西，报警警察应该不会受理吧。"

邱琪的拒绝让亮玥更加怀疑，亮玥也带着哭腔坚持要报警："老师，报警吧，我要还自己一个清白。"

柯苑也察觉出了其中的古怪，她先安排其他不相干的同学回家。等到教室只剩下三个人的时候，她十分严肃地对着邱琪说："你确定不用报警？"

"不用了，老师，那支笔真不值那么多钱，偷了就偷了。班长应该也急着回去，我爸妈也快来接我了，要不就算了吧？"

"嗯，还是邱琪同学大度。亮玥，你看这样处理好不好？"

"不好！一定要报警，我要还自己清白！"

"乖，别哭了。"柯苑将亮玥拉到身边悄悄地说，"要不还是算了，报假警她会摊事的，老师相信你是清白的。"

柯苑转身对邱琪说："可能你的笔也没人偷，只是丢了，找找看也能找到，你说对不对？"

邱琪赶紧回答："对，对，我再找找看，应该能找到。"

柯苑又问亮玥："邱琪同学说她再找找看，要不你也先回家吧？"

一场闹剧，最终就这么收尾。

"老师，我申请调座位！"周一的班会上，邱琪赶在柯苑宣布下课的时候站起来，大声提出了要求。柯苑问原因，她不说，让她到办公室谈，她也不肯。

她坚持着："请老师同意我的请求。"那种语气犹如刘胡兰一样斩钉截铁。

柯苑只好让亮玥到办公室。

"怎么回事？回来又吵架了吗？"

"我也不清楚，今天她都没有跟我说话。"

"那……"正好办公桌上的电话铃声响起，柯苑拿起来接听，"哦哦，是的，你好你好……为什么？……哦，帮助麦慧儿同学学习？麦慧儿同学排名比她还靠前，学习成绩比她好啊……哦，互相帮补？这样啊，那不是在原来的座位更好，第一名帮补她呢！这样吧，我再考虑看看，毕竟这关乎四个学生，并不是单纯换个位置就可以……"

亮玥心里也算有个底了，失窃、换位、算好时间的电话，一切都像做好计划一样。可是要怎么应对？亮玥心里没底，她没遇到过这种事，她没学过如何处理这种事。

"觉得受委屈了？"柯苑看着泪水汪汪的亮玥。

"如果我不当班长，是不是就不会发生这种事？"

"傻瓜，你不当班长，自然会有其他人当，这种事还是会发生，只是碰巧发生在你身上。别想太多了，我能大概猜出事情的始末，交给我来处理。"

邱琪和慧儿被叫到了办公室，等了很久才回教室。

亮玥和其他同学都不知道柯苑是怎么处理的，只是亮玥留意到两人回教室的时候低垂着的头，还有邱琪恶狠狠的眼神。

幸好，座位还是调换了，丽敏调过来跟亮玥同桌，她就住在隔壁宿舍，平时也很热心。

亮玥不由得去想：要是宿舍也能调换就好了……

05

[**揭 疤**]

"哼，也不知道哪个假惺惺的，永远都在扮演弱者博同情。"

亮玥还在床下看书，邱琪的挑衅来得太过突然，以至于连香琳、赵雨都来不及做出回应。

邱琪见没有回应，就继续自己念叨着："遇到事就流出两滴眼泪，以为自己漂亮就是林黛玉啊，这里可没有贾宝玉！哭哭啼啼让老师帮忙，以为自己还是小学生吗？真不要脸！"

赵雨走到邱琪旁边，拉了拉她袖子："别说啦，而且那次亮玥是锁了门的，后来你的笔不也找回来了吗？"

"我……我又不是说这件事，我说的是某人以前的事，呵呵，初中往事。"

亮玥听到"初中"，手上的笔都掉桌子上了。

"我告诉你们啊，某人最厉害的就是装成受害者，然后让大家同情她，让老师给她当靠山，一旦发现自己不被同情，可能就直接转校呢！"

亮玥拿起书本往桌子一甩，"啪"的一声，然后瞪着邱琪："你在说什么？！你够了没有！"亮玥想把愤怒吞进去，但是一种恶心的厌恶感随血脉贲张全身。

"没够！我就是要说……"

　　亮玥流着泪，能感觉到血液在流动，但是那种厌恶感太过强烈，以至于驱动不了手脚，没法阻止邱琪继续"施暴"。

　　"不过就是被足球碰了一下，就说是欺凌。还好我没碰到过你，不然我是不是就在'殴打'你？"

　　亮玥终于发出了声音："我没有，不是我……"

　　"没有？人家本来足球队队长，就因为踢球碰了你一下，结果就叫来你家长，害得人家队长没了，被逼转校。不知道你家长什么来头噢，这么厉害！"

　　"不是这样的，我没有……"

　　亮玥试着动了动脚，好像恢复了知觉；她又试着站起来，成功了。她抹了一把眼泪，转向邱琪，举起手想像电视剧一样打一巴掌过去，但手还没举起来就停住了。她放下手，又抹了一把眼泪，直接往宿舍外跑出去；她能够做到的只是在跑出去的时候狠狠地摔一下门，这就是她可以表达出来的愤怒。

　　好宁静的操场，秋风一起，就少有同学喜欢这无遮无挡的操场，即使凉风一吹，带着枯黄的落叶飘飘荡荡地落在草地上的情景是那么优美。

　　果然整个操场放眼望去，就只有亮玥一个人低头在走路。

　　她从宿舍跑出来，才发现能够容得下自己哭泣的地方，只有这段时间以来中午就会保持空荡荡的操场。在这里哭不会吵到别人，也不会被人发现，希望不要有其他人也在哭就行。亮玥走到主席台后，面对着围墙蹲下，这里足够隐蔽。

一直以来，她都不想提起初中的事，甚至努力避开慧儿，可是最终却因为慧儿而被邱琪揭开了伤疤。这道"疤"，将好未好，如果慧儿不出现，亮玥有信心能够忘记。她已经用了各种方式去逃避，包括转校，包括改变自己。可事到如今，一被提起，自己就紧张和愤怒，还不可抑制地流下泪水。亮玥想了想，自己的愤怒可能还因为邱琪歪曲事实，事情并不像她所描述的……

风吹起了落叶，沙沙声。再仔细一听，那是脚步声，有人正往这边走来。

"师……师妹？怎么了？"

亮玥望过去，发现是以前帮忙搬行李的林师兄。"啊！师兄，是你。没事，没事。"

"我刚好从饭堂回教室，看到你哭着跑过来。我不是跟踪你的……"

亮玥擦了擦眼泪："师兄，没事，我只是受了点委屈，来这里吹吹风冷静一下。"

"嗯嗯，在这个学校不要给自己太大的压力，不然会受不了的，保持好的心态才是最重要的。"师兄又顿了顿，"不过，逃避虽然可耻，但是有用。有时候，可以适当选择逃避。"

"是啊，我就是来这里逃避纷争的。"

"这里风大，下次可以直接到文学社。这学校重理轻文，文学社就六个人，那里是我们的避风港。听你爸爸说，你也会写诗……"

啊，突然好想念爸爸那阳光般温暖的微笑。"好的，师兄，下次去看看。快上课了，我还是回教室去好了。"

亮玥跑着回去教室，她心中的烦恼像一碗苦药水，被唐突的师兄冲淡了：怎么会有这么不解风情的师兄呢？不过他那句"逃避虽然可耻，但是有用"确实很有新意。还有只有六个人的文学社，是可以过去看看的。

只是，也没啥可逃避了，再逃也无处可去。

4

Chapter 4

第四章　往事

「亮玥，」讲台上的柯苑叫着，「亮玥，起来回答问题。」

此刻的亮玥正望着窗外的景色，没有花，没有树，有的只是对面空荡荡、不见有人进出的教室。

Youth

OI

——

[小 柯]

"亮玥，"讲台上的柯苑叫着，"亮玥，起来回答问题。"

此刻的亮玥正望着窗外的景色，没有花，没有树，有的只是对面空荡荡、不见有人进出的教室。

"亮玥！班长！"

"啊？"亮玥吓了一跳，快速站起来，并不知道柯苑要做什么。

"又在发什么呆啊？"班里的同学随着柯苑的提问哈哈大笑。

"没，没发呆。"

"那你倒是回答我的问题啊！"幸好柯苑给了她一个台阶下，"你觉得《离骚》写得怎么样？"

"《离骚》啊，很难。"

"哈哈哈！"班里的同学都笑了。

"大家安静一下，听她接着说。"

亮玥读过《离骚》，初一的时候就读过，只是那时候古文知识并不扎实，读起来也只是味同嚼蜡，什么味道都没有。再读《离骚》，是初三中考后的事，那时才读出了感觉。

"可是读多几遍，就能从屈原那精妙多变的语言里读出一个充满花草鸟兽的奇幻世界。而更加精彩的是屈原自己与整个世界的抗衡，是他对自己的质疑，是他反复的质问，这种自我情感在那个美妙的世界背后显得更加动人。我欣赏他与世俗对抗的勇气。"

"看来班长上课可是很认真听讲、认真思考的。我知道你的答案肯定没有这么简单，今天放学后过来办公室找我，我想听听你完整的答案。"

亮玥看着柯苑点点头，她心里有一些担心柯苑会责怪自己上课走神。

"坐下吧。"

"说说看吧，最近怎么回事？"柯苑坐在办公椅子上，将椅子旋转过来。

"没事啊……"

柯苑两手的指尖握着笔，不断地转动。

"小柯我也曾……"柯苑停顿了一下，"老师我也曾年轻过。"

"小柯？"

"朋友都这么叫我，一时顺口，不过这不是重点。重点是，我也能猜到你的心，八九不离十。"

"老师，我觉得我可以调节过来。"

"有些事，根本就不是自己能不能调节的问题，是如何去面对的事。"

"我不想面对她们。"

"现在是什么情况？"

"邱琪把我初中的事拿出来说，我跟她吵了一架，现在回到宿舍，没有一个人说话，连香琳跟赵雨都不开口。"

"我跟你说一件事，七年前我还在读大学的事。

"那时候我还是大一的学生，我年龄比同级的学生小了三岁，因为我以前跳级。岁数小，总会被人另眼相看，我的老师、同学都很照顾我，但是总会有人看不惯。

"那个人是我的舍友，她刚好因为留级，比宿舍其他人都大一岁。

"那种感觉，就是无论我做什么，她都觉得我针对她；无论我说什么，她都觉得我意有所指。就连我习惯早起，她都觉得我学她，最后她把闹钟调到比我早两分钟。最糟的是，她学习还是比我差一些，我排第十名，她就排十一名。不好说她就是心胸狭窄，但是这些事就是这么巧。

"我可以怎么办？我也很无奈！你说我总不可能特意把试卷填错吧？

"就这么被她视为眼中钉一个多学期，有一天，我终于忍不住了。那种憋屈你能理解吗？像是时时刻刻有眼睛在盯着你，有一双大手在准备着要把你握住捏死。我的大一就过得这么战战兢兢。

"后来班长终于察觉到我们两个之间的问题，她出面解决。班长是个性格比较大大咧咧的女生，男生女生都吃得开，我们都叫她大姐大。她说她以前是太妹，身边的男生从小就看《古惑仔》。总之她的话，大家都不敢不服。

"那一晚，班长约了我跟舍友到操场，说跟我们谈心。这么尴尬的场面，谁能谈得了心？蚊子又多，班长又拉住我们不让走，她说除非说出对方三个缺点。说来也奇怪，班长说我的缺点时，我没什么感觉，但是那个舍友一说，我马上就跟她顶嘴。这样一来一回，我们都不知道互相暴了对方多少个缺点，又辩驳了对方不知道多少种看法。最后不知道是累了还是其他原因，说着说着，我们对于自己的问题少了很多辩驳，对对方的话多了一些认同和理解。

"当然，我不可能真的因为这次聊天就跟她成为好朋友，但至少那一晚之后，我们不再心存芥蒂，我对着她心里也没再那么难受。

"知道我想要告诉你的是什么吗？"

"我想我知道了，我会试试看的。谢谢小柯！"

"你叫我什么？"

"啊！谢谢老师！"亮玥笑着跑出了柯苑办公室，她察觉到自己笑了，这几天以来，第一次是发自内心地笑了。一是班主任柯苑是将自己当朋友，才会把往事说出来。二是她感到自己一直被身边这一堵坚强而又温柔的后盾理解，这是很难得的。

02
—

[约 谈]

"邱琪、慧儿，老师让你们下课后留下来，有话说。"第二天下午，亮玥艰难地走到邱琪桌边，鼓起勇气说出这个谎言。因为她知道，不说出老师，邱琪肯定不会留下来，而麦慧儿晚上不留宿，晚上就没机会。

"哼，你别以为找老师就能怎么样！我没做过什么，我不怕的。"

"我没想让你怕什么，只是想让你知道一些事并不是你想的那样。"

麦慧儿在旁边劝道："邱琪，留下来吧，我们大家还是同学，不要做得太过分。"

"那些事都是你告诉我的！我怎么过分啦？"

"你们别吵，反正留下来我们尽量把事情解决。我这么告诉你们，留不留自己看着办。"

亮玥想了很久，虽然已经"先斩"，还是得"后奏"才行，让柯苑一起留下来，至少可以让她知道自己的真实状态。她跑到办公室，拜托柯苑，让她充当"大姐大"。为了以后三年，亮玥让香琳和赵雨也一起留下。

亮玥在操场逗留到值日生做完卫生，她须要负责锁门，所以有理由占用无人的教室。

一、二、三、四、五，五个人都在，至少这件事的处理上，亮玥成功了一半。心脏跳得更加快，血液流通加速，这是一个挑战，无论是对于眼前的五个人还是自己，只有通过这一关，以后才能更加自在。

"谢谢你们留下来。"

看得出柯苑很惊讶，她可能并没发现，原来已经牵扯到这么多人。她担心的是，亮玥能不能把握好尺度，不要让自己再次"崩塌"。她已经觉察出，亮玥一定有一段不想为人知的过去，所以现在是在极力掩藏过去的自己，这也是亮玥有时候会表现得不如表面那么外向的原因。

"没事，接下来就由你主持了。你想从哪里开始说都可以。"

"嗯，谢谢老师。"

"现在发生的一切，我都表达我深切的歉意。这一些，无论是我的'争强好胜'，或者我的意外当选班长，又或者我对慧儿、邱琪的态度，我觉得都是源于三年前发生的事。我希望你们能听我说，就算是听我倾诉都好，我需要你们。"

又是一个艳阳高照的八月，那一年的亮玥才只有十三岁。告别了低幼无知又漫长的小学阶段，进入了周围每个人都懵懵懂懂的初中，这就是青春的过程。

爸爸妈妈一起送十三岁的亮玥上学，从小学毕业的她还没完全转变，害羞的时候仍然会想往父母身后躲，只是不再做出来。但是脸上的两抹红经常浮现，那是掩盖不住的。再翻出照片，亮玥可能会为当时开学留影的两抹红惊讶，无论初中还是小学。

亮玥在车上不大愿意下来，直到爸爸在校门口摆好相机，她才慢吞吞走到妈妈身边。爸爸喊了"准备倒计时十秒"后，快速跑到妈妈身边，顺带抬了抬亮玥的头。只是在照的时候，亮玥又偷偷把头低下去。父亲的表情不用说，依然是那么严肃。全家最好看的只有妈妈，灿烂无比的笑容。

初中的孩子，已经有些较为独立的，特别是男孩子，不想在别人面前矮一截，都拒绝了父母亲送自己上学，再不济，也是快到校门口的时候就让父母回去。

有些男孩子走过，看到亮玥一家人在合照，就会一脸的不屑："都这么大岁数了！"当然有些男孩子路过时也会一脸的羡慕："这么大了爸妈还能待她这么好。"亮玥就慢慢走近这样一个充满矛盾的年纪，慢慢走进这样一个充满矛盾的学校。

亮玥看着那个宏大的校门，黑色大理石上写着金色的"江南实验中学"，发了一会儿呆后才真正走进这个学校。迎面而来的就是一个水泥地大广场，左右两边的泥土地上各种了两棵高大的木棉花。行政楼在广场后面，新生注册要在行政楼101房。

爸爸妈妈有意锻炼亮玥，让她自己去注册。两人只是默默跟在身后，也不出手帮忙，就看着亮玥这么说话："你……好……我是……来注册的。"

窗口的阿姨大声说："大点声，这里吵，听不见！"

"我来注册的！"亮玥几乎是喊出来的，可是里面的阿姨好像还是听不清。

"啊？"直到看见亮玥把录取书拿出来，阿姨才说，"哦！注册！"

注册完，亮玥在爸爸妈妈的陪伴下走去自己的班级，106班。

小学时候，教育局已经严令禁止划分尖子班与差生班，但是实验中学用了其他名目，将尖子班改为特色班，还是一样瞒天过海。106班不是特色班，以前的亮玥，也不是成绩顶尖的女孩。不过爸妈在意的并不在成绩，他们更想让亮玥放得开一些，所以宁愿送她去学习各种才艺。只是如今到了初一，亮玥在性格方面还是没有很大的转变，或许由于晚熟。

与同龄的女孩子相比，亮玥的身高还没开始突飞猛进，只是保持着正常的速度。站到其他女孩子身边，就矮了一大截，所以开学时候被老师安排在第一排。亮玥每天上课就能不时感受到老师的口水，粉笔灰自然不用说。

可是坐在第一排，本来应该抬头看黑板，亮玥却很怕与老师对视，所以很少抬头。左右和后面的同学也会跟她聊天，然而得到的回应很少。慢慢地，大家也就知道亮玥是个内向的女孩，除了同桌，就少有人主动找她聊天。

亮玥的存在，就如在盛开的祖国花朵中一朵含苞待放的花蕾。园丁留意到这朵花蕾，但是有其他盛开的花朵忙着照看，也便没用太多心思在她身上。恰好这是亮玥的舒适区，没人关注的她乐得享受，成绩也在自己静心学习下逐渐进入了年级前十名，成了普通班中的顶级黑马。

一个人要保持稳定，最好就稳居在自己的舒适区中，这样身心就会保持平稳的状态。有人愿意一生如此，当然也有人表示那不过是温水煮青蛙，身心迟早会被环境扼杀。亮玥没有想过这两种结果，她只是在无意中走出了自己的舒适区。

以时间和地域来形容，上课时间的教室、操场，下课时间的饭堂、学校与家之间的路，这些都是亮玥的舒适区。所以并没有包含下课时间的操场这个选择。她只是在某一个拥有明媚天气的傍晚，追随着晚霞，不小心步入了这个不在她时间范围内的地域，走进了这个非舒适区。

这个时间的操场像是童话中的场景。操场后那座小山丘从来没这么好看过，山丘上稀疏的几棵小树在晚霞中变成了橙色，落叶带着一点红。山丘下的篮球场，有几个男生在打篮球，但是他们却安静得不像在运动，只能听到球蹦跳的声音。塑胶跑道已经铺了多年，在这种天气中也不会散发出塑胶味，或许是被淡淡的青草味掩盖。青草味不知道是不是被那十几个踢球的人踩出来的，所以显得那么新鲜。

亮玥突然被这种景象迷住了，她避开了比较嘈杂的足球场，走到小山丘边坐下，趁着天色还亮着，拿出一本《宋词》看了一会儿。她想从书里找出一段适合现在的词，可惜天色暗得太快，她只好合上书本，恋恋不舍地离开。

明天还有机会！

不只明天还有机会，后天还有机会，大后天还有机会，每天都有机会。

下课后在小山丘边看书，成了亮玥的日常，那种怡然自得的感觉亮玥并没有跟其他人提起过。

看书累了，亮玥会看看球场上奔跑的男孩子。比起篮球，她还是喜欢足球，或许是受爸爸的影响，又或许她还是比较喜欢节奏没那么快的运动。至少足球跑动的范围更大，进球频率没那么高。

几天后，她就发现足球场上的男生其实大多数是校队队员。每天他们都在进行着训练，听着教练的训话。亮玥觉得他们并没有很开心，不如其他非校队队员，踢得自由自在。除了周三的训练赛，他们是真正用心在比赛，充满着激情和冲劲。

亮玥留意到了跑在最前面的那个人，以前爸爸好像说那就是前锋，特别容易理解和记忆，就像打仗的前锋一样，就是冲在最前面冲锋陷阵的。这个人也是在冲锋陷阵，他每一次冲击，都能把对手耍得团团转，好多人都要跟着他跑来跑去。他比身边的对手高了半个头，体形看上去也更加强壮，寸头和他黝黑的皮肤显得特别搭配。亮玥看了他的第一场比赛，就给他起了个外号：大水牛。其他的人都是杂鱼，被"大水牛"一带，就东倒西歪随着乱漂，所以还是不起外号了，统称杂鱼。

有一次，其他学校组织了高年级的队伍来打友谊赛。亮玥远远看去，"大水牛"居然比对手最矮的那个矮了半个头，后来看了比分牌才知道，对手是附近高中的校队。"大水牛"这一次刮不起风了，杂鱼都自由自在地游着。球也很少到"大水牛"脚下，但是经常跑到实验校队的网里。连亮玥都不忍心再看下去。

就在临结束还有半分钟的时候，"大水牛"拿到了球，居然左冲右突地带着球上前去，最后一脚踢出去，球进了对手网里。

亮玥惊喜得跳了起来，并且发出了欢呼声。这一声欢呼，在这个空旷的球场显得特别大声，因为校队的队员们并没有在欢呼，他们低垂着头，没有庆祝。亮玥仿佛看到"大水牛"看了过来，仿佛看到了他的眼神里有疲惫、伤心、高兴。

这一天后，亮玥感觉到每次在小山丘下看书，都会有目光盯着她。有时候偷偷抬起头看过去，总会看到某个校队队员在看着这边。即使球场离这边还有段距离，但球还是会滚到她身边。直到有一次……

"啊！'大水牛'……"

"什么？"幸好亮玥的声音向来都不会太大，跑过来的那个男生并没有听到她说了什么。

"没，没什么……"

"在看什么书啊？"那个男生弯下腰看亮玥手中的书，"哇，《诗经》，不得了！"

"这……"亮玥的脸马上红了。

"凌云，做什么呢？还不快点回来！"球场上的教练大声喊着。

那个叫凌云的男孩才快步跑了回去。

从此，每次放学后的惬意时光，时不时就会有球滚到亮玥身边。一直都是"大水牛"过来捡球，不，不是"大水牛"，从此"大水牛"就是凌云。

改变这种日常和舒适区的是网络，经常听老师形容为"双刃剑"的网络。

那时候微信朋友圈并没有那么流行，更多的人玩的是微博。亮玥有微博，但是并不常玩，直到事件开始发酵的时候，她才知道视频来源于微博。

视频的角度离小山丘有点远，但还是能够分辨清视频中有什么人。在视频的第二分钟，可以看到一颗足球在凌云的脚下快速地飞出去，然后砸在亮玥脸上，那个时候亮玥刚准备站起来回家，就这样被砸到跌坐下去。

　　亮玥想不出视频的角度来自哪里，可是她真不是被球砸倒，而是被吓到，脚一滑就坐下去。她也没想到，大家为什么突然热衷于传播这段视频。后来每天上下学的路上，她都能感受到无数的目光聚焦在她身上，逐渐将这个舒适区都剥夺了。唯一还能保持安静的，只有上课时间的教室了。操场是再也不会去的了，那里简直成了某些无聊学生的"朝拜地"。亮玥也是时隔多年后才知道这就叫作热点。

　　事件不断发酵、升温，亮玥被班主任叫到了办公室，然后被校长叫到了校长室，接着爸爸妈妈也被叫到了学校。亮玥觉得好委屈，为什么很普通的事故会变成这样，而且自己没有错啊，怎么连爸爸妈妈都被牵扯进来？

　　"妈妈！妈妈！我并没有做什么啊，那个男生也不是故意的啊，为什么会变成这样？"

　　"没事，等妈妈了解一下。"

　　可是妈妈这一了解，亮玥迎来了人生的一大转折。

　　一个星期后的晚上，亮玥坐在爸爸的车后排，连夜来到了隔壁城市。在短短的高速路上，亮玥第一次看到了深夜的月亮。十三岁的亮玥，比起太阳，更喜欢月亮，因为自己的名字里面有月亮。看着那种淡淡的光，比妈妈的笑容还要温柔，可是自己居然伤害了妈妈。妈妈曾经说她喜欢这个城市，可现在居然搬家了。为了什么？肯定是为了保护懦弱的自己，妈妈"了解"到的实情应该像微博上说的，自己只是一厢情愿为"大水牛"辩解，其实那已经是体育生在欺凌其他学生了，路上的人都是这么说的，连老师也这么说，每个人都是这么说的。这一切，是因为自己的羸弱，因为自己不懂反抗，亮玥讨厌起了自己。这一切，也因为那个"大水牛"，为什么会有这么

"野蛮"的人呢？亮玥恨起了凌云。

亮玥不敢跟坐在前面的爸爸妈妈说话，她只能抱着抱枕，呆呆地看着月亮。

"亮玥，没事吧？"

"没事……"

很快就在西湖二中当了插班生，没有开学仪式，亮玥不用再次站在学校门口拍照。这个学校的校门确实也不好看，亮玥更怕自己拍出来不好看。这几天她看了好几次镜子，镜子里的自己都不大像自己，脸色太过惨白。

"我叫于亮玥，爱好交朋友！"亮玥在班会上努力把这一句话大声喊了出来。

喊完的那一刻，底下的同学笑了，亮玥脸又红了，但是她感觉这种话并不难说，只要憋着一股气就行。为什么要这么做？因为亮玥讨厌连累爸爸妈妈逃离的自己，讨厌镜子里惨白的自己。

03
——

[致 歉]

十三岁的时候，亮玥讨厌过自己一次。现在，亮玥又讨厌自己一次。她讨厌面对旧人不敢打招呼，只能逃避的自己；她讨厌对往事念念不忘，为此感到愧疚、害怕、生气的自己；她讨厌处理不了事情，只会流泪的自己；她讨厌表达不了愤怒，只会摔门而出的自己。

当着这么多人的面，将往事说出来，她才能在众人面前正视过去的自己、批判过去的自己。如果须要道歉，她会要求以前的自己对现在的自己道歉："对不起！十六岁的于亮玥。"

亮玥走到柯苑面前，深深地鞠了一躬："老师，对不起！我并不是你想要的那种班长，我没能那么完美。而且，如果我不当班长，可能就不会出这么多事。"

"每个人都有自己的往事，但不是每个人都敢像说故事一样说出来。现在的你敢于去面对这些事情，想办法去解决问题，我觉得你已经是一个合格的班长了。"柯苑抱了抱亮玥，在她耳边说，"加油，班长没人比你更适合。"

亮玥转身对着邱琪，其实她不觉得自己须要道歉，她只知道应该挑明来说："邱琪，不好意思，我不知道为什么我们的关系会搞到这么糟糕。如果是因为我哪里做得不好，我先跟你道歉，你有什么不满现在说出来，以前的事就一笔勾销。"

"没有什么不满……"邱琪在柯苑面前或许也不敢说出想说的话。

"慧儿，对不起。我之前之所以不理你，就是因为我讨厌以前的自己，我不想去想起。你的突然出现吓到我了，我没做好准备，所以只能对你很冷漠，以此来让你疏远我。"

"对不起，班长。我不应该把以前的谣言拿出来乱说。"

"没事，至少让我知道了后续。凌云后来怎么样？"

"我们也不知道，他被开除出足球队后，没多久也转学了。"

"哦，也转学了。"亮玥脑海中又想起了那个"大水牛"，已经不大记得他具体面貌，但是比赛中他的笑容，总让人忘不了。

"香琳、赵雨，我也要跟你们道歉。因为我之前处理得不好，影响你们的宿舍生活了。"

"没事的。"

"嗯嗯，没有，不用道歉，没有影响，我们还是舍友。"

柯苑见事情已经解决，拍了拍手说："好了，那这件事就到此为止，之前的恩恩怨怨一笔勾销。就像我说的，你们现在是在高中享受新的生活。以后大家不要重提旧事，好好相处。"

亮玥不知道邱琪的心里如何想，但是看着其他人的脸孔，她知道她们已经敞开了心扉。跟邱琪的关系不可能好转，但只要见了面能跟同学一样打招呼就够了。

5

第五章　偶遇

亮玥想不到重逢能够充满戏剧性，被足球砸到，中断了两个人的生活，再次被砸到，又让两个人的生活聚在同一个地方。亮玥恨恨地想着：为什么不能是他被砸到？而且，这一次到底是谁踢的球？

Youth

OI

——

[文 学 社]

伤疤还是伤疤，即使勇敢去面对，但是被人重新揭开后，再碰到还是会痛，痛感并不会因勇敢而消失。伤口还没痊愈，那就不可能忘记，更别说伤口还可能留下疤痕。

亮玥勇敢面对了自己的过去，用勇气解决了高中生活中第一件这么让人心烦、关乎自身的事情。她以为，事情只要敢于去面对就能完美解决，但是这个世界很少事情能够做到完美。她可以改变柯苑，改变麦慧儿，改变香琳和赵雨的想法，可是邱琪却像是一匹执意不走的牛，顽固地不做任何改变。

再次回到宿舍，安静得好过分。左右的宿舍有欢笑声、说话声、打闹声，而605并没有一点声音。香琳和赵雨坐在桌子前，假装很认真地在看书，却时刻留意着进门的亮玥会如何跟邱琪相处。亮玥本来也很担心进宿舍后要怎么跟邱琪打招呼，幸好邱琪面对着窗口，戴着耳机听歌，看都不看门口一眼。

"你们……"亮玥说出两个字，又把后面的话咽下去，她也不知道后面应该说什么。

"怎么了亮玥？"香琳回头问。

"没事，你们继续忙。"亮玥收拾了一下衣物，带着毛巾，走向冲凉房。

　　还是冲凉房好，不比宿舍冷，不比宿舍安静。即使排着队，亮玥感受着层层水汽，也觉得是幸福的。

　　果然，不想在宿舍里待着。

　　林师兄说这个学校有个避风港，是只有六个人的文学社。

　　走在校道上的时候，亮玥决定明天就去文学社看看，总比自己一个人在校道游荡要好。天气渐渐冷了，到了晚上，江边的学校并不适合自己一个人伤春悲秋。篮球场已经没有人打球了，黑灯瞎火什么都看不见；跑道上只有一两个人影，坚持在跑步，到了身边才会突然发现。

　　如果是下课后就过来这边散步，也许是个不错的选择，明天先过来观察观察。不，明天要先去文学社观察。

　　文学社活动室设置在亮玥教室对面楼的五楼，可是即使亮玥经常在窗边眺望，她也没发现过有人进入过那间活动室。柯苑言之凿凿："对，就是501，难道你要我找出教室分布图给你吗？"

　　亮玥在501门口站了很久，犹豫着是不是真的敲门进去。

　　"咚咚咚"，里面没有声音，也没有人回应。

　　"咚咚咚"，还是没人回应。

　　亮玥试试转了下把手，紧锁着。下决心要来文学社，却吃了闭门羹。刚好在这个时候，楼梯传来了脚步声，没多久，林师兄就出现在眼前。

　　"啊！师妹，是你。"这句惊讶的问话似曾相识，亮玥又想起在主席台后哭泣，被眼前这位师兄看见的情景。

　　亮玥的脸唰一下又红了："是的，师兄，我想来文学社参观参观。"

"不好意思啊，我们都是在教室写完作业才上来，所以没那么早到，而且可能人到不齐。不过，请进请进。"林师兄打开了文学社的门。

秋天的太阳挂在窗口，看起来那么近。不远处正是学校附近的那条大江，从这里望去没有遮挡。文学社的活动室比普通的教室还简单，除了教室后黑板上贴着一张张的纸，上面写了一首首诗外，课桌椅比普通教室要少，连讲台也撤了。空荡荡的活动室，给人感觉像是专供留堂学生开小灶用的。

"说是参观，确实没什么可看的，如果你喜欢窗外的景色，倒是可以经常来参观。"

"是啊，没想到这个位置看出去，窗外景色也真好看。"

"除了窗外的景色，可以参观的估计就是这片黑板上的诗作。都是我们几个人写的，一周会评比一下，然后挑出票数最高的贴在这里。"林师兄指着黑板上的诗，亮玥仔细看了看，正是师兄自己的作品：

> 玫瑰是光，锃亮
>
> 很多时候骨刺也是光，花蕾也是光
>
> 河流也是光，走过无数流域
>
> 石头也是光，不曾枯萎
>
> 我也可以是光
>
> 燃烧、膨胀、通体透明

很多作品都是现代诗，表现着六个人心里正在呐喊的声音。亮玥心里也有声音，她也要呐喊。

"师兄，我也想加入文学社。"

"好啊，没问题，你回去写封申请书，我明天跟社长说一说。"

直到天色暗了下来，还是没其他社员到来，亮玥开玩笑说："师兄，不会整个文学社就只有你一个人吧？"

"哈哈，师妹，你真爱讲笑话！"

O2

—

［ 相 似 之 处 ］

读了十年书，第一次申请加入社团，亮玥才想起不知道这种申请书应该怎么写，早知道应该请教过林师兄。亮玥后来找了张空白的A4纸，在纸上写着：

> 很多很多时候
> 一群人想起另外一群人
> 就如诗人想念诗歌
> 暴晒后的花朵想念露珠
> 具体的，逻辑清晰的，意义丰富

这段话，就像投名状一样，交给了林师兄，然后经林师兄交给了文学社社长，最后挂到了活动室后面的黑板上。

可是亮玥连续两天都到活动室，却没见到其他社员，单独对着林师兄又很沉闷，还不如到操场走走。

晚饭后的操场是最适宜散步的，也是最适合胡思乱想的。操场被偌大的铁网和围墙围了起来，靠近教学楼的是一片草地，然后就是环形跑道，跑道围着足球场，右侧围墙边是一个主席台，主席台边还有排球场、篮球场。

亮玥沿着跑道外圈的草地走着，尽量不妨碍别人跑步。

文学社会不会真的只有林师兄一个人？但是教室后面的黑板上有好多诗。那些诗会不会是林师兄人格分裂写出来的，所以有不同笔迹？但是确实有一个正社长存在。亮玥想着这些有的没的，在操场上绕着走了好多圈。明天要再上文学社看看，一定要破解这个"谜团"。

走累了，亮玥又来到了主席台旁边，只有这块空地没有人运动，也不会有太多人在这里坐着。亮玥挨着主席台坐下来。

眼前的情景为什么给人一种熟悉的感觉，主席台像是小山丘，足球场上有好多的男生在踢球。"哔哔哔"，听起来又是老师在训练校队。那种熟悉感，更重要的是来自于天空，快要落山的太阳将云朵染成了红色，连教学楼也成了红色。其实这种感觉还是蛮不错的，不必在意以前发生了什么事，只要享受当下，让自己好好感受就行。

天色逐渐暗了下来，差不多到晚自习的时间了。

亮玥起身拍了拍屁股，准备往教学楼走去。只是这个时候，足球场上有一颗球朝这边飞过来。亮玥扭头的时候看到了那颗球，来不及思考，来不及反应，球就飞到了眼前，重重砸到了脸上，一切都是那么熟悉。

03

[被 足 球 砸 到 之 前]

亮玥倒在了草地上想着：为什么我那么吸引足球呢？难道是因为脸大？初中的时候是不是被同学偷偷叫"月饼脸"来着？

初中的亮玥确实脸大，脸皮却很薄，又因为入学成绩并不优秀，所以并不给自己长脸。不优秀，也不差，只是因为内向，有时候也会被同学取笑，所以确实有过"月饼脸"这样的称号。后来，真正给自己长了脸，是在足球事件发生之前。

亮玥每天都很安静地学习着，并不是因为她想要取得多好的成绩，而是因为她觉得在学校并没有其他事要做，那还是获取知识好了。这种思想一旦固定下来，她进入了状态后，那种想要获取知识的感觉，更是如饥似渴。所以成绩在不知不觉中就提升了，后来的期中考试，亮玥的成绩排名居然进入了年级前十名，创造了实验中学的纪录。以前不曾有过普通班的学生进入前十名，学校老师、校长甚至十分重视这匹黑马，想要将她调入特色班。

亮玥的意识中，自己一直都好好地练着"隐身术"，不被父母之外的人关注。可是成绩提升之后，一下子却引来了其他学生的羡慕，还有学校的重点关注。不用多久，无所适从的她也习惯了周围的目光，甚至有点喜欢。可能女孩子从小都会有成为众人焦点的想法吧，谁都想成为万众瞩目的公主。

在语文课上，亮玥朗读的时候也因为心态的变化，渐渐提高了音量，她开始有点迷恋这种发声的方式。读到古诗、宋词、现代诗歌的时候，她的内心更是翻涌不定，好像有无数的感情要从胸口那里跳跃出来。越朗读越有感情，这种感情慢慢就被同桌抓住了。

同桌爱舒说她很喜欢亮玥读诗，因为亮玥读出来的诗，听起来像是作者自己的朗读。古诗、宋词听起来像是年代久远的声音，现代诗歌又不失感情。

第一次听到同学的赞赏，亮玥决定以后多为同桌读诗。亮玥觉得这是两个人之间的小秘密，可以愉快地在两人之间分享。可是爱舒并不这么想，她有点"大公无私"地想把这个福利分享给所有的人。所以在某一次校活动中，爱舒半开玩笑地报了亮玥的名字，并偷偷地告诉班主任，亮玥要上台朗读。

当两个人之间的秘密要公之于众的时候，亮玥觉得爱舒其实是个自私的人，这也是为什么转校之后亮玥不跟她联系的原因。

"亮玥，你上台朗诵的内容是什么？"

"什么？上台朗诵？"

"是啊，校庆活动，你报的朗诵节目啊！"

直到班主任跟亮玥确定朗诵内容的时候，亮玥才知道这个事。可是班主任无论如何都不准她退场，因为班里只有她一个人报名。

亮玥盯着爱舒很久，最后鼓起勇气说："我要朗诵《江城子·乙卯正月二十日夜记梦》。"本来，这是亮玥准备今天朗诵给爱舒听的词，可是她决定从今天起就不再跟爱舒说话了，这一首词，只好朗诵给大家听。

亮玥答应老师的那一刻，她突然意识到自己是不是已经有点变化了。

　　然而这种变化不足以让爱害羞的亮玥登台对着几百人朗诵。于是语文老师和班主任总是利用课余时间不断训练亮玥，让她能够不那么害羞，能够朗诵的时候发出更大的声音。

　　"不对不对，你走上台的时候，手要摆起来啊！"

　　"不对不对，你走到台上的时候，首先是要敬礼啊！"

　　"不对不对，你开始朗诵的时候，眼睛要看着前方啊！"

　　"不对不对，你朗诵的时候，手不要死死地贴在裤脚线啊！"

　　"对的，对的，没错，这种感情抓对了。没想到你这孩子读起宋词这么有感觉！"

　　无数次的练习，终于将上台、敬礼这些动作变成了亮玥的记忆动作。亮玥可以不带感情地把动作机械化复制出来，可是一旦开始朗诵词里的内容，她就忘情地投入词里的世界，感受着苏东坡的感情，为苏东坡流泪，为他的思念之情流泪。

　　　　十年生死两茫茫。不思量。自难忘。千里孤坟，无处话凄凉。纵使相逢应不识，尘满面，鬓如霜。

　　　　夜来幽梦忽还乡。小轩窗。正梳妆。相顾无言，惟有泪千行。料得年年肠断处，明月夜，短松冈。

　　正是投入，让亮玥第一次在台上获得了掌声；正是感情，让亮玥再一次获得了万众瞩目。亮玥站在台上，突然觉得这种感觉很奇妙，并不会让人生厌，也没理由去抗拒，以后她还想要这种感觉。

　　更让人高兴的是，"大水牛"，也就是凌云，在亮玥的朗诵之后，捡球的时候会偷偷地念几句宋词，显然他也听到了亮玥的朗诵。

可是就在亮玥对学校生活觉得高兴的时候，这种生活却被一颗足球击碎了，亮玥的改变戛然而止。

04

[重 逢]

亮玥觉得，上一次那颗足球确实重重击碎了她的生活，但是这一次这颗足球一定重重击碎了她的鼻梁。

她躺在地上，久久不愿起来。天是不是黑了？还是眼睛瞎了？天上是不是很多星星？还是自己真的被砸出脑震荡？

"喂，同学，没事吧？！"有个人跑了过来。

"喂，同学，怎么样？没事吧？"那个人推了推亮玥的手臂。

亮玥停了很久，才有气无力地说："我应该还没死吧？你推我的时候还有感觉。"

"没死，没死，你还在说话。"

亮玥又想到了"大水牛"凌云，到底自己是不是还在初中的小山丘下，说话的那个人是不是凌云？亮玥定睛好好看了看眼前的人，瘦小的身板，根本不是"大水牛"，那小鲜肉的脸，居然是班里的马白！

马白也会踢球？他身上穿着球服，已经给出了答案。

"用不用我扶你起来，亮玥同学？"

亮玥摸了摸自己的鼻子，并没有出血，头也不晕，就自己站了起来。

"应该没事……"

"喂，马白，怎么了？"又有一个人跑了过来。

"踢到人了，还是我同学。"

"没事吧？用不用去医务室看看？"

夜里的视线不是很好，亮玥看着走过来的人影，人高马大的。如果是体育老师，她准备好好投诉一下，不应该在夜里踢球！可是亮玥看到的是一个学生，而且长着一张熟悉的面孔，刚刚还在记忆中徘徊的面孔，"大水牛"凌云！！

生活犹如圆圈，生为起点，死为终点，中间又画了无数的圈。足球就像圈上的点，从一个点又滚到了另外一个点，一直没离开亮玥的圆圈。

亮玥想不到重逢能够充满戏剧性，被足球砸到，中断了两个人的生活，再次被砸到，又让两个人的生活聚在同一个地方。亮玥恨恨地想着：为什么不能是他被砸到？而且，这一次到底是谁踢的球？

马白看亮玥没反应："对不起啊，亮玥同学，你到底有没有事？开口说说话啊，别吓我啊！"

看来这一脚是马白踢的，只是把凌云吸引过来了。

凌云看着亮玥，不再说话，直到亮玥跑开了。

马白问凌云："能够跑得这么快，应该没事吧？"

“我怎么知道？她不是你同班的吗？今晚去问问看啊！”

“是同班，但不熟啊！要不你今晚陪我一起去问问？”

“我……我懒得理你。”

凌云确实懒得理，这种事最好不要让他再牵扯进去。

6

第六章　强加之罪

凌云不想去理那些谣言，他的想法很简单，射多几脚，进多几个球，那些谣言就会随着时间粉碎。可是，这谣言毕竟不是足球网，它们更像是蜘蛛网，粘上了就很难取下来，而且蜘蛛还会不断去扩大网络。

Youth

01

—

[队 长]

　　一朝被蛇咬，十年怕井绳，初中的事凌云并没有忘记，甚至有点害怕。他的"懒得理你"合情合理，他看到亮玥的时候不想出声也合情合理。

　　当凌云和马白捡了足球走回足球场的时候，教练已经吹了解散的哨声。

　　"连解散都不用等我们？这教练越来越奇怪。"马白忍不住抱怨。

　　"这学校的选拔已经很奇怪了，难道你还没习惯？"

　　"不习惯，每天都让我们收拾训练器材，我习惯不了。"

　　"说真的，我也不习惯。"

　　"就是啊，我们双子星以前哪用做这些？"

　　"是哈，双子星只负责动脑和动脚，轮不到我们动手。"

　　抱怨完，两人只好继续收拾器材，晚一点恐怕又要挨教练骂。

　　一中的足球队在省内很有名，经常在高中联赛夺冠。一中的新队员选拔形式也很有名，凌云和马白在初中时候就有耳闻。一中校队每年都会吸收不少新队员，但是第一个学期只会筛选出一两个队员跟随一线队训练，剩下的分配到二线队，在不同时间段、不同地方进行训练。到了第二学期，才会从二线队中挑选出表现优秀的队员进入一线队，相对地，一线队中有表现差的，就会退到二线队。总体来说，就是残忍。但是凌云和马白一样，执意要进入一中足球校队，并且很幸运地成为一线队队员。教练说选择他们是因为他们的配合很默契，但是马白坚持认为是两人的意念足够强大。

凌云对一中校队的执念，来源于一场真实的比赛。如果真是意念让他们进入校队，可见那场比赛对凌云影响多深。

那时凌云十三岁，那是一场不公平的对抗赛，实验初中队对抗一中高中队。凌云比同龄人高出了半个多头，但是走到对手队伍里，总比人矮半个头。

比赛开始前，教练已经吩咐好全队参与防守，看好时机才能反击，可是比赛开始后，根本没有防守可言。实验校队十一个人防守对方四个人的时候，已经是捉襟见肘了，等对方再插上一个中场队员，实验校队就崩盘了。一球、两球、三球、四球，凌云只能看着足球不断飞进自己队伍的网兜里，他从前锋踢到后卫位置，可是改变不了形势。到了下半场，凌云拼命奔跑，但还是阻止不了足球入网。五球、六球、七球、八球、九球、十球。进了十个球，对手的节奏才开始慢下来。

凌云在这个时候，截断了对方中场队员的传球，带着球直冲进对方半场。这是这场比赛实验中学的第一次进攻，也是凌云第一次带球突入对方大禁区。可是对手并没有人回防，防守队员也不够积极。凌云知道这就是所谓的"垃圾时间"，对手已经赢得太多，比赛时间也快结束，他们准备消极地浪费时间。凌云没办法，技不如人，输球是改变不了的，可是输人是不行的，踢球有踢球的态度，这是他要告诉队友的。于是他厚着脸皮，左冲右突，起脚一射，射出了本场比赛最后一个进球。

场上没有欢呼声，包括对手都是一脸的冷漠，但是球场旁边的小山丘边，却有一个女孩子跳起来欢呼。那声音当时听起来特别刺耳，不过凌云知道，是为了他的进球，只好还了她一个微笑。

然后比赛结束了，1∶10，实验中学校队输得很彻底。

"凌云，你说，如果我或者你当上了队长，是不是应该改变一下这种作风，不能老是欺负新人啊！"

"队长啊？久违的队长。不过，我不会改变的，那是队长的福利，我只会让除了我之外的人全都要去收拾器材。"

凌云很怀念队长这个职位，因为他当过好多年的队长。幼儿足球班是队长，小学校队是队长，初中也当了一年的队长。不过，总的来说，队长像是爸爸安排好的。

凌云有一个热爱足球的爸爸，他不踢球，只是喜欢看球。等凌云出生后，爸爸就决定培养出一个足球运动员，凌云小时候看得最多的电视节目不是动画片，而是足球比赛。不过凌云不介意，他觉得电视上的人追着一颗球跑来跑去，也很有趣。

开始学会跑之后，爸爸就将凌云送到了一个相熟的教练那里，进了一个幼儿足球培训班。教练看到凌云，就夸他手长脚长、视野开阔、反应敏捷，是天生的足球运动员。没有人知道这些话是不是真心话，毕竟是爸爸的朋友。可是爸爸当真了，更加坚定了他培训儿子当足球运动员的心。

足球训练特别辛苦，凌云每周都要哭一次，可是爸爸不接受这种示弱，妈妈也改变不了爸爸的想法。过了几周，凌云开始习惯教练的折磨。并且在这种折磨下，像雨后春笋般茁壮成长，比起同龄人明显强壮得多。教练看到了培训的成果，开始安排他踢固定位置——前锋。因为速度、力量都比其他人要好，所以凌云开始体会到什么叫"进球如麻"，也当上了培训班的队长。

小学，爸爸挑了一所有足球的学校，交了不少赞助费才入了学。很快，凌云也就进入了校队，并且成了校队主力，当了队长。

对于凌云来说，是不是队长无所谓，他只是享受在球场上进球的感觉。但是能力好就能当队长，是不少足球队的传统。队长要做什么凌云不知道，在场上他更像是一匹孤独的狼，总是自己在冲锋陷阵；在场下，他也很少管理队伍，他坚持自己过得高兴就可以。队长对于凌云最大的好处是，自己从来不用收拾器材，不用打扫活动室。队长对于爸爸来说最大的好处是，再找有名的足球学校，就不用交巨额赞助费了。

果然，顺顺利利就进入了实验中学。爸爸打听到，实验中学以前也是初中联赛的霸主。可是凌云进入实验中学校队后，感到一切都不正常。教练不是专业的，只是个刚刚毕业的大学生，学的还是语文专业，只是因为走关系进的学校。学校态度也很暧昧，对外根本不提足球这个强项，也正因为学校的不重视，才会安排一个非专业的教练。队友们更加不正常，很多人初二就退出了校队，而且大多数人踢起球来都是死气沉沉的。凌云意识到，这支校队已经是破落豪门了，不会再成为霸主。后来凌云用了一年，当上队长，可是无论他怎么激励、怎么训练，队友们就是提不起劲。

凌云放弃了，破落豪门是无法再崛起了，不过一切都无所谓，只要他还能在足球场上奔跑，还能进球如麻，什么都无所谓。

02

——

[看 书 的 女 孩]

凌云不喜欢实验中学的整个足球氛围，但是却很喜欢实验中学的足球场。如果要给各个地方排名，第一就是实验中学的足球场，第二就是小时候培训班的训练场地，第三才是家。

实验中学的足球场是真草皮，踩在上面用力转动，能够闻到淡淡的草香。凌云享受在这种草皮上的奔跑，享受在这种球场上进球。跑起来会更加有力，进的球会更加有感觉。

凌云也爱放学后的夕阳，没有了足够的热量，但能够提供如画的美景。看着身边的队友一个个都是红扑扑的脸，这才像是踢球的运动员。看着飞入网里的足球，也像是一个快要落山的太阳，心里莫名有一种冲劲，自己将来一定要成为职业足球队员。

某一天，这个空旷的足球场上来了一个女孩子。放学后的女孩子少有走到足球场这边的，更何况她还是抬着头一直看着晚霞，一步一步慢慢地走到小山丘那里。

凌云觉得她会一步步爬上小山丘，然后像夸父逐日一样追随太阳而去。但是女孩走到小山丘之后，就坐了下来，从书包里抽出一本书。凌云被自己的想象力逗笑了。

"凌云，发什么呆？快点带你的队员训练。"教练在一边大声地吼着，可是他并没有给出具体的训练内容，全部由凌云安排。

"来了，来了。大家跟着我，先做五十个深蹲。"

"是……"又是懒洋洋的回答，没有一个有冲劲。

以后的每天，凌云都会看到那个女孩来到小山丘下，坐在草地上看书。书过几天就会换一本，有大有小，有薄有厚。不过女孩很少看球场的校队，估计她也喜欢不上有气无力的他们吧。

不过凌云喜欢戏弄这个女孩，他总是趁着教练不注意，就把球踢得远远的，慢慢滚到小山丘边，再屁颠屁颠地跑到女孩身边捡球，偷偷看她在看什么书。只是每一次凌云跑过去，那个女孩就更加低下头。唯一一次听到女孩的声音，却是凌云输得最惨的一次，不过想到这个女孩为了自己的进球欢呼，凌云心里还是有一种快慰。让她上场踢球，肯定比身边的队友更有精神。

凌云知道这个女孩的名字，是在不久之后一次校庆活动。实验中学每年都会有校庆活动，这一年并不是什么五或者十周年，所以并不隆重。每个班出一两个节目，表演完，下午就能够放假。

凌云第一次参加校庆，心里还是很激动的，但是看了几个节目之后，就寻思着能不能趁老师不注意开溜。

"下面有请106班的于亮玥同学上台朗诵，她的朗诵题目是《江城子·乙卯正月二十日夜记梦》。"

居然还有人报名朗诵？还要朗诵宋词？凌云心里有一种熟悉感，他最近才找了一本宋词看过，因为小山丘下边的那个女孩这段时间也在看宋词。凌云决定留下来看看是何方神圣上台表演。

缓缓上台的那个女孩难道是小山丘下边那个？难道是那个沉迷于书本的那个女孩？难道是有人一走近就会红着脸低下头的女孩？真的是那个女孩……

　　十年生死两茫茫。不思量。自难忘。千里孤坟，无处话凄凉。纵使相逢应不识，尘满面，鬓如霜。

　　夜来幽梦忽还乡。小轩窗。正梳妆。相顾无言，惟有泪千行。料得年年肠断处，明月夜，短松冈。

凌云仿佛看到了苏东坡在床上起身，披上了外衣，慢慢走到屋外，看着外面的月亮。原来他刚刚做了一个梦，梦见了他的妻子正在梳妆打扮。妻子已经去世很久了，现在又梦见，心里不是滋味，这番思念、这番凄凉，不知道跟谁说去。

凌云第一次感受到了文字和朗诵的魅力，是得多入情才能写出这样的词，得体悟多深才能朗诵得这么有感情。凌云记住了两个名字：苏东坡和于亮玥。

第二天的训练，女孩还是出现在了小山丘下面。

凌云又将球踢到了女孩身边，趁着捡球的时候偷偷念了一句：不思量，自难忘。女孩抬头看了一眼，一脸的惊讶，然后又羞红了脸低下头。

凌云再次将球踢到女孩身边的时候，终于参着胆子上前说话："看什么书啊？"然后弯腰看了看书名，"《诗经》，不得了！"

"凌云，你又在做什么？快回来训练啊！"教练又大声喊着。

凌云其实很感谢教练，因为他意识到自己太过唐突，还好教练一声吼化解了尴尬。

03
——
[**失 控**]

　　凌云自信自己的射门技术，传球技术也自觉不差，更何况每次训练总会戏弄一下看书的女孩，所以他不知道这一次为何力度会失控。

　　凌云看着球飞出了一条诡异的弧线，高高的、远远的，然后就砸在了刚要起身的女孩头上。女孩一下子就坐回地上，捂着头。凌云吓了一大跳，用上了最快的速度跑到女孩身边。他听说过球场上有球童被射门的足球砸死，心里后怕。

　　还好女孩发出了咝咝声，却不是在捂头，而是摸屁股，应该是摔倒的时候摔到的屁股更痛。

　　"有没有事？头痛不痛？"

　　"没事，不痛，就是被吓到，滑了一跤。"

　　凌云身后不断有队友跑了过来，他们比赛的时候跑不动，可是一有八卦就跑得比短跑运动员还快。

　　"队长，你意中人怎么了！"

　　"队长，你说你是不是故意的……"

"去去去，都给我回去训练。"凌云赶走了其他队友，跟亮玥做了个鬼脸，"对不起啊，没事就好。"

可是，人没事不代表就好，失控的也不只是凌云的力度。

失控的事件是在一周之后发生的。凌云打开了自己的微博，自己关注的同学几乎都转了同一条视频。

"哈哈哈，这标题吸睛……""凌云是我队友，他不是那种人！""没想到凌云真拥有大力金刚腿！""这下有得看了，实验的大事记。"

转发围观的人多，为凌云说话的少。这个学校平时管理特别严格，学生们几乎没什么文娱活动，这个时候，他们就像全校迎来了狂欢节，终于有了共同的谈资。

凌云想找出视频的源头却找不到，问了好多的人，最后才知道，视频截自学校的宣传片片源。学校拍宣传片的事，凌云是知道的，就在球砸到女孩的那天。学校本来说约其他校队比赛，然后再拍摄，可是后面没有其他校队愿意来，所以教练宣布取消拍摄。这么看来，最后还是有将操场和足球队拍下来，还刚好拍到了足球砸到亮玥这一段。后来学校把未剪辑的视频直接放到微博上，也不知道是哪个别有用心的人将这段事故截取了出来，特意改变了播放速度，加上了奇奇怪怪的音效，还配上迷惑性的标题："恶霸特长生妒忌学霸，狠下毒脚"。

凌云上下学路上、训练的时候，开始被人指指点点，那些异样的目光也一直追随着他。事情随着网络的疯狂传播开始失控，并且衍生出了好多不同类型的谣言：

"听说是那个体育生求爱不成，所以恼羞成怒啊！"

"不是说是那个女孩受不了骚扰，所以特意装个样子让人制作成视频吗？"

"最新消息，听体育生班里的人说的，是那个女孩子的男朋友跟体育生结了仇……"

凌云不想去理那些谣言，他的想法很简单，射多几脚，进多几个球，那些谣言就会随着时间粉碎。可是，这谣言毕竟不是足球网，它们更像是蜘蛛网，粘上了就很难取下来，而且蜘蛛还会不断去扩大网络。

异样的眼神、带刺的话、一路的指指点点这些都不重要，重要的是那个女孩已经有很多天没再到小山丘下面看书了。凌云在这一瞬间才意识到，自己不重要，但是另外一个受害者到底撑不撑得住。

下课铃声响的时候，凌云平常都会背起书包走向操场。这一次，他却拉起了卫衣的帽子，低着头，慢慢走到了106班门外。他假装是没事经过，偷偷地观察着106班。

在第一排，凌云终于找到了那个熟悉的身影。凌云快走到前门的时候顿住了，女孩的眼睛红红的，好像哭过，脸色特别苍白，眼睛带着黑眼圈，像好几天没休息过。

"这不是视频中那个体育生吗？"

"是哦！是哦！他是偷偷来做什么的吗？"

"以为戴着帽子别人就认不出哈……"

凌云听到106班里传出来的声音，那个女孩也好像准备望出来，所以赶紧拉了拉帽子，快步走开了。

这一件事的发展是如此奇怪，可是凌云觉得有义务将这件事澄清，还自己一个清白，也让女孩免受打扰，不用被各种奇怪的谣言困扰。

"教练，我有事要向你汇报。"

"说吧。"

凌云打开了微博，播放了学校原来的宣传片视频："教练，最近传得沸沸扬扬的事我想你一定知道了。可是我必须澄清，视频是被人夸张剪辑过的，那天好多队友都看见了，他们可以作证。我不是故意的，那个女孩被球砸到的时候也说不痛。"

"那天我刚好没在，不过你放心，我一定会帮你处理好这件事的。"

凌云心里的大石头也就放下了，没想到这么顺利，一开始就有老师愿意帮忙。可是没想到的是，凌云心里的那块石头放下的时候其实砸了自己的脚。

第二天，教练把凌云叫到休息室，臭骂了一顿。原来他去找分管体育的主任，结果被骂了一顿，说他没有好好管理队伍，没有好好训练足球，他回来只好把气都撒到凌云身上。

"你这件事我管不了了，你也给我用心训练，别影响球队成绩。"

凌云在心里将教练骂了上百遍：平常都不会管理，全部训练都要我帮你带，现在遇到一点小小的事求你帮忙都解决不了。你到底是做什么教练的，这样的队伍再配上你这样的教练，能有什么好成绩？

再没有好办法了，最熟的老师除了教练，就没其他人了。班主任向来都很排斥体育特长生，对凌云一直冷眼相看，话都很少说一句，根本不可能找他。在凌云一筹莫展的时候，班主任居然主动找到他。

"明天，把你爸妈带过来吧，校长想跟他们聊聊。"

原来，冷漠的班主任带来的是这样的消息，事情已经到这种地步了。

没办法，第二天凌云只能老老实实将父母带到办公室，然后再由班主任带到校长办公室。凌云已经预想到结果，回去一定免不了爸爸一顿揍。

"我是怎么教你的？让你当体育特长生不是让你去恃强凌弱，而是让你去当一个运动员的！运动员的道德标准你到底有没有？你为什么要做出这样的事？"

爸爸同样不听解释，一连串问话之后不等凌云回答，就将他揍了一顿。凌云皮粗肉糙，挨得起打，但是他心里面却想着那个女孩，她回家会不会也被父母骂呢？如果再看到她，一定要跟她好好道个歉，然后找出"幕后凶手"，还两人的清白。

可惜，凌云再偷偷经过106班的时候，第一排的座位已经空出来了。或许是今天请假呢？第二天的时候，座位还是空出来的，第三天也是一样，第四天也是一样。凌云忍不住，厚着脸皮抓住了从106班走出来的男生，打听过才知道，女孩已经转学了。

事情并没有到此结束，凌云的噩梦才刚刚开始。虽然学校方面并没有贴出什么告示，也悄悄地将这件事按压下来。可是足球队方面，教练却给出了一种自以为最恰当的处罚：

撤销凌云的队长职位，两个月不准参与训练，并且将踢球的位置从前锋移到中后卫。

凌云找他理论，他给出的名目是："你玷污了体育特长生的名声，破坏了校队的声誉，不能再让你当球队的队长了。"

凌云根本不在乎队长，他在乎的是进球。为什么要让他休息两个月？为什么要将他移到后卫？后卫在他心目中到底是做什么的？

教练当然给不出答案，憋了好久，最后说出了一句："后卫，不就是踢球踢得最差的人才踢的位置吗？你人高马大，也很适合中后卫啊！"

凌云摔门而出，跟着这样的教练，足球队怎么可能有赢球的希望？一怒之下，凌云决定不再参与训练，反正教练也要求他休息两个月了。

两个月的停训，凌云不敢告诉家人，只能每天下课后跑到网吧消磨时间。两个月过去了，凌云也坚持着自己的赌气，不再回去足球队。果然没有多久，教练就下达了最后通牒：两天内凌云不回去，就开除出足球队。凌云心里暗笑：没有我在，看你还怎么训练；没有我在，看你的球队以后还怎么进球。统统给我滚蛋吧！再也不回去了。

也不知道是哪个队员透露了消息，教练居然在某天的放学后，出现在网吧，身后还跟着好几个年级主任。教练直接走到了凌云面前，抓住了凌云的衣领。其他主任整个网吧翻了一遍，再找不出其他学生。教练偷偷在他耳边说："让你跟我作对，现在你得吃不了兜着走了。"

凌云的父母又被叫到了学校一次，这一次学校贴出了公告，并且校长还在升旗仪式上狠狠地批评了凌云："这个同学目无尊长，目无校纪，不尊重女同学，不接受处罚，还跑到网吧浪费时间。希望同学们要吸取教训，小小年纪不要学坏。学坏容易，学好难啊……"这一次，凌云被停学两个星期，又免不了爸爸一顿揍。

两个星期的停学，还有什么地方好去？从小到大，凌云都是在家、学校、训练场三点一线度过的，现在没有地方好去，只能又躲到了网吧。

看着电脑桌面，凌云根本不想点开任何软件，他只是过来这样一个地方消磨两个星期的。到底是哪里出了问题？如果当初不去理那个女孩，事情是不是就不会发展成这样？如果当初不将球踢过去，是不是就不会发展成这样？如果从小就不踢球，是不是就不会发展成这样？突然间，凌云有点恨那个女孩，有点恨足球，甚至有点恨爸爸。以后都不踢球吧，什么足球运动员，都是爸爸在痴人说梦罢了。

04
——

[转 学]

"什么久违的队长？我初中那时候就是队长，只是你不当我是队长而已。"马白在旁边，将凌云从记忆中唤醒了。

"哦？你还记得你是队长。在校队里你只有被人欺负的份，全都靠我帮你撑腰啊！你记不记得我什么时候转学的？"

"你什么时候转学我就不记得了，你加入球队的时间我就记得，初二的上学期期末。"

凌云突然想不起来自己到底是什么时候转学的。

被停学两个星期之后，自己索性开始逃课。他不想回学校看到那些同学、老师、校长，不知道为什么，他们的嘴脸一下子变得非常丑陋。热爱八卦的同学好像流浪狗，每天都在寻找着被当作垃圾扔掉的食物；冷漠无能的老师，就像电视剧里面的贪官，只会对上级点头哈腰，永远板着脸对学生；高高在上的校长，就像皇帝，从来没有见过一脸，但是就能通过各种谣言和评价做出决定。实在不想看到这些人了。

爸爸这么多年来，终于做了一次凌云认为最正确的决定：转学。这么算来，应该就是在停学后的一个月内，凌云完成了转学，那就是初一的下学期。不过爸爸依然找的是足球学校，这一次是马白所在的学校——江东中学。

某一个周一，凌云就被安排到205班，开始了他在另外一个学校的学习。班主任告知他，学校的足球队常年都招新，可以在放学后去尝试看看。

可是放学后的凌云却又跑到网吧去，奇怪的是，凌云到网吧不玩游戏、不看电影，他总会在网上搜各种电子书看，什么类型的都看。

"我本来已经从良，为什么你还要拉我入火坑？！"

"去你的，你的心属于足球，我不拉你也一样跳进来。"马白想了想，"你说，我今晚是不是应该再去关心一下同学？"

"要的，去看看她有没有事吧。"

"你又知道我说的是谁？"

"跟你搭档两年，我还不知道你心里怎么想？"

"哈哈哈，果然好搭档！"

7

第七章 结交

秋天的夜晚，除去冷，一中的校道其实也很舒服。亮玥和马白两个人吃着冰棍，在校道里漫无目的地走来走去。关宿舍门之前的三十分钟，可以说是一中住宿生最轻松的三十分钟，除了遇到『苦瓜』主任。

Youth

OI

——

[晚 自 习]

一中的晚自习要求非常严格，晚上7：30铃声响，所有的学生都得进教室。在教室里不能交头接耳，也不能随意走动，不可以影响其他同学学习。值班的老师会不时地巡查，抓到影响其他同学的学生会警告、点名批评。更可怕的是训育主任，如果被他抓到，那就只能到他办公室听一两个小时的教训，很可能还要停宿一两天。不过，一中的晚自习也有它的好处，经常有不同科目的老师在办公室备课，可以到办公室找老师解疑。

住宿舍的人不多，学校安排了两层的教室给高一学生。一个学生占两张桌子，这样安排下去，也只是用了五间教室。不过这种安排方式，白天同一个班的学生也可能不在同一间教室，就像马白和亮玥一样，马白被安排在104班晚自习，亮玥则在105班。

找她道个歉是应该的，可是要怎么开口？马白知道怎么跟男生打招呼，也懂得怎么去称兄道弟，但是跟女生打招呼，似乎是比较难的。马白试过很自然地对某个女生说了声"Hi"，可是女生却害羞地跑开了；马白也试过对另一个同班女生说了声"哟"，结果女生困惑了很久。所以，马白不知道要怎么跟亮玥开口。

虽然同班已有几个月，但是马白跟亮玥说过的话不超过十句，包括今天踢球砸到时她所说的话。

马白想了很久，还是没想出应该怎么打招呼。但是铃声响了，只好趁这十分钟过去一下，不然上课就麻烦了。马白走到105班，找了很久都没见到亮玥，还以为课间时间她出去休息了。结果，马白在一堆书后找到了亮玥，她正在埋头苦算。

马白站到了亮玥前一排的位置，站定有五秒，亮玥依然没抬头。马白伸长了脖子看亮玥的书，原来是在做等差数列的题目。反正这一排的同学还没回来，马白索性就坐下看亮玥做题。

亮玥低着头，完全没发现前面的同学换了个人，正在盯着自己做题。她在草稿纸上写了几个sin、cos，后来演算出来的公式完全对不上，只好又划掉重新写。马白在心里演算了几次，发现原来亮玥的步骤写错了。

"这里，这里……"马白指着是草稿纸上的sin2a，"应该先从cos2a算起。"

亮玥头也没抬，马上重新算了一遍，这一遍终于选出了正确答案。欣喜地抬头，却发现眼前站着的是个男生——马白，而不是香琳。

"啊！对不起，我以为是香琳。"

"没事，我才是来说对不起的那个。不知道怎么开口叫你，就在一边看着你做题。你傍晚被球踢到没事吧？我是想来问这个的。"

"没事，当时觉得有点头晕，现在没事啦……"

"叮铃铃……"上课的铃声响了。

"要不你下课后等等我，我再来找你。"马白看着门外巡查的老师，回头对亮玥说。

"好的，快回去吧，别被主任抓到了。"

"马白同学，坐着我的位置干什么？还不快点回你自己位置去。我刚刚看到主任走过来这边啦！"香琳回到自己的位置上，赶紧推开马白。

"嗯嗯，马上走，马上走。"马白弯下了腰，趁着休息完的同学赶回班里，逆着人流往外面挤出去。

训育主任正走到转角处，他背着手查看前面几个班的情况，扭头正好看到弯着腰的马白，急匆匆地跑了过来，想要抓住他，可惜被马白溜进了班里。

"刚刚是哪个同学上课铃响后还在外面闲逛？别以为弯着腰就认不出你来啊，赶紧给我走出来！"

马白心里暗笑：这么说，大家都知道你没认出来啦，哪个笨蛋给你走出来？

不过一中的同学真的很够义气，明明大家都看到了马白弯着腰溜进教室，但在这危急时刻，大家都埋头写起了作业，谁都不吭一声，不看主任一眼。

最后，训育主任只能自讨没趣地走了出去。

02

——

[天 赋]

　　马白假装看着书，直到训育主任走出去才深深叹了口气，旁边几个班里的同学都笑了。在这样一个管理严格的高中学习，这种时刻不失为一个小插曲，总会调节大家的情绪。

　　"谢谢，谢谢各位兄弟姐妹。"马白抱拳，装模作样地低声道谢。

　　"赶紧做你的作业啦，小心苦瓜杀个回马枪。"

　　苦瓜，也就是训育主任。一中的新生入学不久，都会听到这个名字。他们一开始并不知道是谁的外号，但是只要看到训育主任黑着的脸，听到他的名字，也就能够对应上。每个听师兄、师姐介绍苦瓜的人，都很好奇中国姓氏真有"苦"这个姓，大家都会像师兄、师姐当年做新生一样跑到学校图书馆查《百家姓》，然后跟师兄、师姐说找不到。

　　"苦成，越大夫。出自《吴越春秋》；苦灼，汉会稽太守。出自《奇姓通》；据《氏族典·五九九》记载，汉有苦成勃、苦成乐。虽然说都不出名，但确实是有的。还有啊，现在谁还查书？百度啊！百度！"每一届的新生都会把这段话记下来，然后教给下一届的新生。

　　关于这位苦主任，师兄师姐都传言说他才是这个学校的幕后老大，各种严格的规定也是他当上了主任之后才开始实施的。包括要求学生每天都要写"三百字"，虽然很多老师当时反映训育主任管不到这方面的事，越了权，但是后来这个规定还是落实了下来。每个学生每一天都要交一份三百字的作文，周末除外。这样算下来，读完三年，每个学生基本都写出十八万字了。

马白拿出了"三百格纸"，又开始了每天一篇的作业。"三百字"并没有要求一定要学生原创，但是却要求三百字内一定要把内容写完整。听起来很简单，只要抄抄抄就行，但其实也很考验学生的缩写功力，而且抄多了，就会发现没其他书可以抄了。

马白前段时间从凌云那里借了一本《萌芽》，他知道凌云每天写"三百字"的时候，都拿出这本杂志，以为里面真的很多可以摘抄的内容。哪知道一打开，好多都是长篇小说连载，最少的也有八九百字，根本不适合抄。

"你到底怎么做到的？能够从《萌芽》里面抄三百字！"

凌云看着眼前的马白，冷冷地说："谁说我的三百字是抄的？我都是自己写的。我只是怕苦瓜抓偷看课外书的人，才把三百格纸放在杂志下假装写作业。"

"佩服，佩服。果然很有作假的天赋。"其实马白想说的是，凌云真的很有语文天赋。虽然凌云看起来是个大老粗，但是语文成绩每次都高出自己不少。不过凌云也曾说马白有数学的天赋，马白笑了笑，什么都不说。

马白理科成绩一直都不错，数学成绩更加突出，然而他不认为自己有天赋。真正有天赋的人马白见过，就是他初中的同桌林寻。马白的理科成绩这么好，很大原因是来自于林寻的帮助。

马白初中入学，被安排坐到林寻隔壁。马白是个大大咧咧的人，跟所有的人都能称兄道弟，但是跟林寻不行。林寻冷得犹如一块冰，虽然他并不是因为成绩好而居高临下的人，但是马白感觉一直没法知道林寻的想法，"简单来说，林寻就如那些得道高人，高深莫测。"马白这么跟凌云解释自己的偶像，"如果有一天我也能像他一样就好了，没人知道我在想什么，我到底是在高兴还是生气。"

凌云这么回应马白："得了吧你，你这样子的人，什么心情都写在脸上。今天天气到底怎么样，我看你的脸就能猜得到，都不用去看天气预报了，今天肯定是晴天！"

马白活得很简单，确实一眼就能看出他到底是怎样一种人。所以，初中第一次摸底考试，林寻就已经看出马白的数学肯定很差。

马白拿到试卷的时候，他心里涌起了一股想要撕掉试卷的冲动，为什么只是升了一个年级，数学试题的难度就好像登上了天。他握着笔，在草稿纸上写了个数字，划掉；画了一个三角形，划掉……几道题看下来，基本都没戏。

林寻有意将试卷放过来一些，然而单纯的马白以为他不够位置坐，自己往旁边又挪开了几厘米。直到交卷，马白也没有看过林寻一题。早已经做完题目的林寻却一直在旁边细细地观察着马白。

后来试卷发下来，马白只考了50分，还差10分及格。但不得不说，因祸得福，林寻开始对旁边这个大大咧咧的马白另眼相看，觉得他是一个有担当、有底线的男人，是个值得托付的朋友。所以，从那次考试之后，马白跟林寻说话，偶尔也能来回说上十句。

见识过马白各科的考试成绩之后，林寻对马白说出了一句话："你的学习方法不对。其实理科的学习基本相通，像你这么死记硬背公式肯定学不好。以后我慢慢教你，不懂你就问。"

见识过林寻各科的考试成绩之后，马白简直将林寻当神，神说了这么一句话，无异于说以后能够保证马白的成绩不再挂科，马白感激得不知道说什么好。

第二天，林寻拿了一本外封崭新的笔记本给马白，里面却用各种颜色笔写满了密密麻麻的公式。马白一页页翻过去，每一页的开始都是书上的公式，但是到了后面就不知道写的是什么。"这是我们书上学到的知识的变形，你拿回去慢慢看，自己推理一下，很容易就明白的。"马白当晚就把整本笔记本啃了一半，他第一次发现原来几何、代数可以这样学。

再过一天，林寻又拿了一本崭新的笔记本给马白，里面还是各种颜色笔写满的密密麻麻的公式，这一次是物理公式。

"大神，难道你是一个晚上写出来的吗？"马白突然发现了这个令人惊讶的事实。

"嗯，作业做完了，随手写一下而已，当复习。"马白听完差点就要跪下去膜拜真正的大神。

后来，马白从林寻的笔记本里面学到了一个重要的学习方法：公式要靠自己推，用各种具象化的形式来推理能够让公式更容易记住。比如$(a+b)^2=a^2+b^2+2ab$，好多人不知道这是为什么，只会简单去背。而马白就从林寻的笔记本里学会了一个办法，画图。

一条短线加一条长线等于$a+b$，用$a+b$的长度画出四条线组成正方形，然后将a和b连接处的四个点连起来，切割出的四块图形的面积之和，也就等于整个大正方形的面积$(a+b)^2$。图画了出来，$(a+b)^2=a^2+b^2+2ab$这样的结果就显而易见了。

马白从林寻那里学到了这些方法之后，理科的成绩果然扶摇而上，很快就进入了班里前三名。老师一开始也怀疑马白每次考试都抄袭，直到林寻在初二的时候跳级到了高中，这才相信马白。"马白那孩子就像顿悟了一样！"班主任这么夸后来长期盘踞一二名的马白。

马白想起了亮玥在做数学题的样子，就如当年初一的自己一样，一看就是死记硬背公式，所以到了另一阶段就举步维艰。心里那个大神的形象一直没能抹去，因为马白想以他为目标，不想被他抛开太长距离。马白笑了一笑："如果我也能像大神一样，一晚上推出课本上所有的公式变形，我是不是就差不多追上他了？"

马白将三百格纸翻了过来，在背面不断写出一条条公式。写完后，他要像大神一样，将这些公式送给亮玥。

03

———

[邀　约]

晚自习的下课铃声响了，马白以异乎寻常的速度收拾好东西，跑到隔壁等待亮玥。亮玥还保持着课间休息时候的姿势，不知道又在算哪一道题。

马白走到她身边，这次亮玥居然抬起了头。

"你等我几分钟，我这道题还没做出来。"

"哦哦，刚好，我三百字还没抄完，我也要继续写。"

可是，几分钟过去，马白在最后画上句号的时候，亮玥还没做完。

"要不，你先走吧，这题做不出来，我得去请教一下王老师，他今晚在办公室值班。"亮玥看着马白。

"他你也敢去请教啊？不怕被他骂吗？什么题给我看看，看看我能不能解出来。"马白转过了亮玥书中的练习册，细看了一会儿，很快就在草稿纸上写下了解题思路。

"呀，我怎么没想到呢？你这思路这么巧妙。"亮玥也惊讶于马白的能力。

马白从书包里抽出几张纸，递给了亮玥："嗯，给你，在这里面能找到答案。我觉得你肯定也能想到，就是方法用错了。"

亮玥看了看那些三百格纸上的公式，恍然大悟："原来变形了就能这样用，你真是怪才，以后可得跟你多多请教。走，题也解出来了，我带你去小卖部吃零食去。"

"还是我请你吃吧，傍晚的事多不好意思。"

"没事，不用介意，又不是第一次被球踢到，上一次更惨。"

"怎么惨法？"

亮玥又想到了傍晚时分迎面跑过来的凌云："算了，下次再说。吃东西去！"

亮玥在小卖部买了两根冰棍，两人一人一根。

"没想到天气都冷了，你还要吃冰棍。"马白有点尴尬，不吃又不好。

"拿着，别婆婆妈妈的。天气越冷越要吃冰的，这样才爽。别怕，你咬一口试试！"

　　马白舔了一口，打起寒战。

　　"哈哈哈，看不出你平常好像很阳光，一吃起冰棍也怕冷啊！"

　　"这不一样……"

　　"对了，你的数学怎么那么厉害？"

　　马白又将林寻讲了一遍，只要有人问起他理科的问题，他都会很高兴地将心目中的大神抬出来，只差让大家跪下一起敬仰。

　　"好像没听过这个名字，他现在也在一中吗？"

　　"早就听说上大学去了，不过确实是从一中毕业的。"马白双眼又发出了亮光，在这样的夜晚，不知道的会以为他是在说自己的爱人。

　　"你初中是哪个学校？你从小就踢球啊？"

　　"是啊，初中的时候读的是江东中学，小学是江东小学，也在校队踢球。"

　　"傍晚跑过来叫你的那个人呢？"

　　"凌云啊，他跟我同一个初中，我们是校队里的搭档，我中场，他前锋，人称'江东双子星'！前锋和中场你知不知道？"

　　"知道，知道，我爸经常看球。不过我看别人的组合都是什么'BBC''SMS'，你们的组合名字真难听。"

　　"难听吗？那就不说这个了，我跟你说林寻啊……"

　　"不不不，我还是喜欢听你们双子星的故事多一点。凌云是初一就认识的？林寻呢？林寻像是你爱恋的对象，听起来有点恶心。"

　　"去你的……"

　　秋天的夜晚，除去冷，一中的校道其实也很舒服。亮玥和马白两个人吃着冰棍，在校道里漫无目的地走来走去。关宿舍门之前的三十分钟，可以说是一中住宿生最轻松的三十分钟，除了遇到"苦瓜"主任。

"你们在这里做什么？！是不是在谈恋爱？"训育主任悄无声息地出现在两个人的后面。

马白很镇定地回答："主任好，我们在讨论刚刚解不出来的数学题。"

"在黑乎乎的校道吃着冰棍讨论数学题，说出来谁信？"

"主任，你千万要相信。刚刚她老是说那个等差数列不应该那样算，那个sin不是等于2，是等于4……"马白乱七八糟地说出来一大堆公式。

训育主任摸了摸头："好了好了，够了，你们哪个年级哪个班的？"

"101班。"

"怪不得。行了行了，宿舍门快关了，你们快点回去。这么大冷天的吃冰棍，对身体不好。"

马白和亮玥赶紧转身往宿舍方向快步走去。

"等等，男同学你回来一下。"

"怎么了，主任？"

"你弯腰我看看。"

"不好意思，主任，最近上火腰痛，弯不下去。"

"行吧，快回去。"

马白和亮玥忍着笑，快步跑回宿舍楼下。

马白狂笑着："好险好险，差点就被抓了。"

"没想到你是这样的人啊，马白！"

"哈哈哈，偶尔抽一下筋而已。快回宿舍吧。"

"等等，你还没说你们双子星……"

"那么想知道？下次吧，快关门了。"马白两步跑上楼梯，"要不，周末也行！"

"好，就周末。"

04

——

[周　末]

一中有个很大的图书馆，两层楼，数十万的藏书。一中创办以来，都坚守着不断更新图书馆藏书的传统。

这个理念，用柯苑的话来说就是："几十万的书，如果你们能够全部看完，我相信你们都能成才。可是几十万的书怎么可能在三年时间看完？所以需要我们老师不断筛选图书，找出更优质的图书提供给你们阅读。"

不过，最近五年，真正留给学生阅读的时间却减少了。一中把图书馆的开放时间调整到每天中午12：00—13：00，每天下午4：30—6：00。对于住宿的同学有个好处，就是周六图书馆会开一天。

"在图书馆看不了书就借啊！时间都是挤出来的，难道还要每天安排一门课让你们在图书馆上？真正爱读书的人，都会找出时间去看书的。"柯苑也不喜欢学校的制度，但是她觉得这不会影响一个真正爱看书的人。

亮玥是这样的人，周末如果不回家，她总会一头扎进图书馆里。图书馆对于她来说就是个世外桃源，周末不回家的人少，走进图书馆的人更少，亮玥看书的时候，喜欢挑这种安静得过分的环境。马白也是这个周末才了解这点。

"一会儿我看书，你别吵我，不然你就到隔壁桌坐。"

"行行行，亮玥大小姐吩咐，小人会遵命的。"

"去去去，我才不是大小姐，大小姐另有其人。"

"哈哈哈，我懂。"

马白坐在对面，看着亮玥从书柜上一本本地挑书，从历史、地理走到文学，从文学走到艺术，从艺术走到生物科学，从生物科学又走到了哲学、宗教，最让马白惊讶的是，亮玥居然还走到了"A"类书架，也就是马克思主义、列宁主义、毛泽东思想、邓小平理论。

亮玥把一堆书都放到桌子上，然后就拿起其中一本开始阅读。马白开始感到这个周末只能在图书馆度过了，假装若无其事地低头刷自己的数学题。偶然间抬起头，却发现亮玥的翻阅速度不是一般地快，只是在关键的地方才停下来，摘抄一两段。马白想开口问，又想起亮玥的吩咐，还是闭嘴乖乖做自己的题。

约莫一个半小时后，亮玥终于停了下来，马白看着她左边的书已经都堆放到了右边，眼睛都睁大了两倍。

"很吃惊？"

"非常吃惊。"

"估计就跟我看到你解题思路一样。"

"不，比那吃惊，至少你那时候没有目瞪口呆。"

"其实，就跟你掌握了数学的学习方法一样，我掌握了阅读的一些方法。你要是感兴趣，以后教给你。"

"以后，难道你也想以后再听双子星的事？现在就教，我们交换。"马白一脸的奸笑，一看就知道他是不是隐藏了什么。

"你好像知道了什么？"

"我只是猜的。从凌云看你的眼神和你的态度，还有你昨晚想套我话猜出来的，你们一见钟情了！！！"

"噗……哈哈哈……"亮玥正喝了一口水，差点没喷马白一脸，"你是看台湾偶像剧长大的吗？还相信一见钟情？"

"不管你们是一见钟情，还是有旧情，你到底还想不想知道他的事？想的话就先把你读书的方法说出来。"

其实，亮玥的方法也没有什么好隐瞒，只是通过看书获得的一些见解：

阅读根据不同的目的可以分为三种：为了消遣是第一种；为了获取资讯是第二种；为了理解更多的事情是第三种。消遣阅读，可以随意地读；为了获取资讯的阅读，则要挑重点的来读就行；理解阅读，这种阅读的目的是为理解更多的事情，而不是记住更多的资讯，跟前面两种又有所不同。

阅读根据不同的层次，也可以分为四种：初级的基础阅读、检视阅读、分析阅读、主题阅读。基础阅读就是从字面上一字一句去读，看过了只知道字面意思；检视阅读则是在一定时间内抓住内容的重点；分析阅读需要对内容进行全盘阅读，最后在总结的时候能提出问题；主题阅读是最高层面的阅读，能够从阅读内容提炼出主题，并且跟同主题的其他阅读内容进行对比和分析。

而亮玥今天所运用的阅读方式就是检视阅读，她只是带着问题来找书，通过检视阅读的方式从书中提取重点，获取资讯来解答自己的问题。

"这些阅读方法，其实只要你多加训练，一目十行做不到，但一目三行还是可以的。"亮玥给马白讲解着，并且用这句话做了最后的总结。她不知道，就因为这句话，马白心里又多出了一位大神。亮玥没有说出自己跟凌云的往事，仅凭着对阅读的理解，就交换来凌云的信息。

"如果让他知道你这么就把他给卖了，他会不会打你？"

"有这个可能，所以你别告诉他。"

05

———

[堕 落 的 球 员]

凌云在初二上学期的期末，突然间转进江东中学的205班。

从此不想再踢球，从此不想再跟女生说话，从此醉生梦死，这就是凌云转学初期想要做到的。他坚持着不再看球，连足球场也不想去，体育课迫于无奈才站到了球场上，但依然不碰足球；在班里他只跟男生说话，女生搭话一概不理，反正被人当害羞也无所谓；每天浑浑噩噩过日子，上完课就去网吧消磨时间，回家就跟爸爸说新球队训练。

凌云想做的，就是让自己成为一个普通的、没有任何特长、看不到希望的差生。以后会怎样不去想，反正心里那口气一直不顺，等气顺了再说。

以上，便是凌云告诉马白，在被他找到之前的日常生活。

马白找到凌云，是因为他们有一个共同的体育老师。老师说205班来了个新人，从小就踢球，但不知道为什么就不踢了。马白问了名字，才发现冤家路窄。

马白唯一一次带队参加小学联赛，就在五年级。江东小学从来没有进入过四强，马白这一次当队长，也是唯一一次打入四强。全校的老师和学生都被组织前往观看半决赛，马白很有自信自己的队伍能够赢球。

半决赛对阵集美一小，这个小学以前也进入过四强，但是除了前锋较强，其他队员个人能力都差。"只要我们能够盯住他们的前锋，我们就能赢，大家加油，多点回来防守。"

在球场上，马白看到了对方的前锋，长得黑黑壮壮，比他还高出半个多头。上半场被那个黑高个前锋进了两个球，根本没人能防得住那个前锋，两个人也防不住。下半场，马白安排三个人防守前锋，可惜又被对手其他球员进了一球，整支队伍都快崩盘，最后又被那个黑高个前锋再进一球。最终比赛结果，江东小学0∶4输给了集美一小。

比赛结束，马白跑到了对方队伍里找到了那个前锋，问了名字。马白记住了那个名字——凌云。他成了马白的仇人，因为他，江东小学唯一一次希望破灭了，而且是全校的老师和学生跟着一起破灭。

"你还记不记得我，凌云？"马白找到了205班，找到了凌云，身后还跟着几个从小学一起升上初中的队友，那架势就如小混混准备打架一样。

凌云并没有害怕，他人高马大，从来都不怕这些事。"不记得。"

"三年前的小学联赛，你进了我们三个球，让我们惨遭淘汰。"

"真不记得了。"

"我们全校的希望就在那一次，结果因为你输了。我们要报仇。"

"我真的不记得了，现在我也不踢球了，真要打架，一个个上，我不怕你们。"

"我们从来不会以多欺少，球场上争胜负吧！"

凌云拒绝了约战，可惜马白那时候还是个热血少年，小学的仇不报，他没法安心上课。于是，江东中学就出现了一盛景，每天都可以看到马白带着几个队友到205班跟凌云发出挑战，凌云不答应，他们不死心。老师也不好说什么，毕竟马白一直都规规矩矩的，只是站在教室外等待。

几天后，马白身后的队友觉得没趣，不再跟着马白过来。205班门外，就剩下了马白一个人。

凌云站在走廊问马白："你到底是为了什么？"

"为了心里那口气。"

"我心里也有一口气一直顺不过来。"

"那就球场上见啊！"

马白终于把凌云带到了足球场上，结果被他穿裆了好几次。最后，马白哀求着让凌云进入了江东中学校队。

"他那时候的状态真的那么差？"亮玥以前根本没想过会这样。

"是的，就算进入校队，他也还是很少踢球，每天就看小说。后来，我跟他聊过很多次，他说是初一时候因为足球被人冤枉，结果没了队长职位，教练不仅不帮他，最后还将他开除出足球队。他受够了关于足球的一切，决定从此不再踢球。"

"那他最后为什么又踢球了？"

"脚痒了呗，踢了那么多年的球。"

8

第八章　避风港

惊醒，又是一个奇怪的梦。梦里还有一个奇怪的角色：凌云。亮玥看着走廊的灯光，想了想，已经有两年没梦见过凌云了。以前噩梦里经常有他出现，现在是在噩梦里转危为安，还是有他的身影。

Youth

OI

—

[矛 盾]

过了一个周末，亮玥的压力没有缓解，反而心理负担更重。

亮玥给文学社的作品上这么写着：

> 我是一头猪
>
> 他是一个屠夫
>
> 放血、肢解
>
> 佛祖说他有罪
>
> 可我看不到他受罚

林师兄看着亮玥的信笔涂鸦看了很久，最后叹息着说："佛祖说他有罪，那他肯定是下一世才受罚，你是看不到的，但确实有。他如果是屠夫，也可怜，必定不是因为喜欢杀戮才去杀你。"

亮玥看着眼前这个师兄也看了很久，难道他是隐藏于学生间的大师？

关于凌云的情况，亮玥从麦慧儿那儿了解到他在实验中学最后生活的半个多学期，再从马白那儿了解到他在江东中学过完的初中生活，断开的线便慢慢连在了一起。本来与这个人再无瓜葛了，却又因为老同学和一颗球将两个人联系起来。断开的线越接越长，从初一到高一。心里是想把这条线剪断，但是剪不断，理还乱，想把这条线捋直，可是越捋越打成结。

在文学社的活动室里，亮玥拿起笔，一字一句地记下她所了解到的所有情况，在阅读的训练过程中，她已经习惯用这种方式来对一整本书或者一个主题进行分析了。

亮玥：害羞的我—喜欢操场—被球砸到—同学的重点关注—学校见家长—搬家。

凌云：足球队长—踢球砸到我—被同学重点关注—学校见家长—免去队长、停训—泡网吧—停学—转学。

亮玥给自己三年来的人生加上了注解，一个点一个点地标出来。随着记忆的弱化和逃避过去的心理作用，这几年来，她都认定自己是从一个弱势者逐渐成长、变强的。这一切的契机就是被球砸到这个事件，自己是事件中唯一的受害者，因为软弱所以被欺凌，因为软弱所以成了全校造谣的对象，因为软弱所以父母为了保护自己搬了家。而从麦慧儿和马白那里，亮玥却得知事件中的肇事者凌云其实也是事件的受害者，而且差点连足球都不踢，给人感觉受害程度更深。怪不得当时麦慧儿会跟邱琪联合起来，想用这件事打击自己。

一个点一个点看下去，她却发现事件中有很多点相互之间没法连接上：如果自己真的是因为软弱而被欺凌，那为何当时第一感觉会觉得事情不严重，还跟妈妈求情？如果凌云不是故意的，那为什么会被学校约见家长？为什么学校见了家长之后，自己要转学？如果这一切不是因为凌云而起，那自己被谣言中伤、转学应该让谁负责？不去抱怨凌云，应该抱怨谁？……一连串的问号，亮玥想不明白。

整个事件前后都充满了矛盾，自己的感情也充满矛盾。

O2

[文 学 社]

"师妹，有些事情想不明白就先放一放。就像你在找某一件东西一样，一直找不到，可是当你停下来一段时间，那东西可能就会出现在你眼前。"

"林师兄，我感觉文学社像一个寺庙，而你像一个住持。"

"阿弥陀佛，善哉善哉。听师兄一句劝，有些东西要先放下才能再拿起，过去要放下，当下要拿起。"

"哈哈哈，别吓我了。感觉你真的好像隐藏在学生间的大师。其他社员是不是都被你吓走啦？"

林师兄保持着一副严肃的脸："接下来，我希望你好好地听我说。

"一中有六十年的历史，你是知道的吧？不知道？开学第一天就没听领导讲话吗？一中文学社的历史有多少年你知道吗？不知道？我告诉你，有五十九年。

"你知道为什么文学社一直以来都很少人吗？为什么一直以来你都只能看到我一个人吗？因为文学社有这样一个传说。

"开社之初，文学社是由六个人组办的。那时候一中要求有一个正社长、一个副社长、四个干事才能开办社团。创办文学社的六人都是爱好文学的年轻人，而且从小就是好朋友，所以这个社团很顺利就创办起来。

"社团创办起来，那第一个任务就是开始招新。可是很奇怪，社团如何招人，就是没有同学愿意加入。后来正副社长四处打听，才知道了一件事。学校建成之时，也就是社团创办一年前，有七个人在未开始使用的文学社活动室里自杀。当文学社创办起来的时候，就不知道从哪里传出来一个消息，不能加入文学社，如果人数达到七人，那就会有凶案发生。

"所以，几十年来，文学社的人数从来不超过六个人。直到去年，我们这一任的社长不信邪，在原来六个人的基础上又招收了一个新社员。惨案就从此开始了。文学社的人，一个接一个不见了。一开始是正社长，然后是两个干事，接着是副社长，接下去又是两个干事。文学社，慢慢地也就只剩下一个人，就是那个新人。而那个新人，就是我……"

林师兄双眼盯着亮玥，看不出眼中到底是什么感情，只让人觉得，接下去会发生什么。

"师……师兄……你别吓我，虽然我认为我很胆大，但是现在听起来真的有点怕。"亮玥在座位上挪动着，尽量离林师兄远一点。

"怕？"林师兄还是盯着亮玥，约莫过了五秒钟，"怕就对啦！我就是要让你害怕。恐怖的情绪能够让人暂时忘记烦恼，这才是放下的最好手段。哈哈哈！！！"

亮玥还是有点不大相信："所以你说的都是假的？可是为什么一直以来都只有你一个人？"

"正、副社长还有两个干事都高三了，所以就不想管事，直接把副社长的位置给了我，让我打理社团。本来还有一个跟我同级的准备接手正社长的职位，但是家里出了一些事，也没空管理社团。另外一个干事，说她已经开始准备高考，提前进入学习状态……"

"那不能超过六个人的诅咒是真的吗？"

"哪里有那么多校园传说，基本都是编的，这个就是我编出来的。一中向来都重理轻文，所以文学社都没有多少人，听以前的社长说，最多一年就十个人。今年本来也想招新，但是只剩下我一个人，又被安排当志愿者，所以就没新人了。"

"唉，师兄，你真的吓死我了。我们在宿舍讲鬼故事，我都没这么怕过，我真的很怕你就是那第七人。"

"不过有一件事，你确实需要怕的。明天你来了，我再告诉你。"

第二天，亮玥照常来到了文学社的活动室。

推门的刹那，她却看到了夕阳下忙碌的六个人的身影，这是她第一次看到文学社其他成员，第一次人这么齐，也是最后一次。

在一种奇怪的氛围中，林师兄把社团里其余五个人都介绍了一遍。然后莫名其妙地宣布，正社长正式退位，副社长正式退位，四位干事正式退位。文学社就剩下亮玥一个人，所以也顺理成章地成为社长。

那六个人齐声劝解亮玥："师妹，这也是没办法的办法。为了五十九年历史的文学社不会被解散，接下来就只能靠你了。幸好现在学校要求降低，只要有一个正社长、一个副社长、两个干事，社团就能成立。人就只能靠你去拉了。"

亮玥根本不知道自己经历了什么，就是在某个夕阳西下的傍晚，她突然间当上了文学社社长，而且肩负着延续五十九年传统的重任，还要去找多三个人加入文学社。然后，这个没来过几次的避风港，就这样剩下自己一个人了。

不过，从另外一个角度来看，这样一场闹剧确实分散了亮玥的注意力，她放下了执迷不忘的往事，将全部心思用在了理解文学社的发展，以及为延续文学社而做的努力上。毕竟，这是她在学校的一个避风港，无论是为了五十九年的传统还是自己，都不应该让这个社团解散。

03

——

[招 新]

所有的程序走完，交接了钥匙之后，亮玥就当上了文学社社长，然而她还是觉得莫名其妙。接下去应该做什么，她不知道，林师兄也不知道。前社长说他要学习，没空教，就把他们落下了。

"学习对于他们来说，到底是什么？"亮玥问林师兄。

"是命。"

"师兄啊，为什么你跟我入学那会儿的印象相差那么大？果然你遁入空门了吧！"

"善哉，善哉。其实师兄我也是遇人说人话，遇鬼说鬼话，本性如此。那时只是初当师兄没经验，害羞。熟了就好，跟你一样，熟了就没那么多忌讳。"

林师兄说他也要去学习，高考对于他来说，也是一种命，大部分中国的学生都躲不开。

亮玥找到了柯苑，这时候的柯苑已经被班里的人称为小柯。

"小柯……老师，"只是在办公室，大家都不敢放肆，亮玥便加上了老师两个字，"有些问题要请教你。"

亮玥说明了来意，只是为何会当上文学社社长，亮玥也是重复了几遍原因，柯苑还是无法理解。

"不管过程怎么样，班长，我就问你一句。在我们一中，文学社我向来有所耳闻，所有老师的评价都是烫手山芋，你确定真要接手？"

"是的，我确定。"亮玥说这句话的时候，突然想起了婚礼，自己好像待嫁的新娘子在发表誓言。

"为什么？"

"不知道，一开始我是觉得有责任。但是听你这么说，我觉得这件事充满了挑战，我很有兴趣做下去。"

柯苑似乎十分满意这个答案，会说出这种答案的人，就是她心目中的那个亮玥。她知道亮玥已经走出了困扰，或者暂时放下了一些解不开的结。柯苑明确给出了指示：在一个星期内找到一个副社长和两个干事，新社员可以缓一缓。最重要的是要做好社团的架构，确立社团的规章制度。

框架沿用了学校的规定：一个正社长，一个副社长，两个干事，无限制的社员。规章制度，亮玥只好找到林师兄，再通过他找到原社长，拿到了打印出来的规章制度。原社长说规章制度不用改，但亮玥最后还是在后面加了一条：以上皆是入社条例，如果你热爱文学，愿意在此用文字吐露心声，那以上就不是条例。然后，亮玥还把原来的社团名称改为"避风港"。

亮玥回宿舍后说了这件事，香琳和赵雨当即就表示要加入，原来她们从来没听过一中有文学社，要不然早加入了。正好，她们两人愿意当干事。邱琪坐在座位上一声不吭，假装没听见。亮玥想了想：也对，她不可能还想屈居人下，不做勉强。

副社长的职位，等柯苑在班里宣告了新文学社成立后，马上有人报名，竟然是李哲。从外形看，李哲那股冷酷散发出来的味道就像在说：我将来是选理科的，我将来是个冷酷的科学家之类。哪承想，他居然还是个文学青年。当他拿出了一堆《收获》《花城》《小说月报》之类的纯文学杂志时，班里的人都惊呆了，包括赵雨，但她随即露出了一种看到美食，并且随时唾手可得的表情，口水都要流下来了。

"李哲副社长，以后我就是你属下的干事啦！"赵雨马上站到了李哲面前，温柔地说。

李哲还没回答，林璇、何萌、李书琴三个女生就立刻挤到赵雨前面，对着李哲七嘴八舌："李哲副社长，我想加入文学社，让我加入吧！""我我我，我也想加入！""我也是，我也是！"

由此，"避风港"文学社便组成了基本架构，保住了文学社这个近一甲子的传统，并且因为李哲的原因，吸引了三名新社员。

"正所谓一鼓作气，再而衰，三而竭。现在我们文学社的人数已经达到了七个人，据说一中文学社向来不超过十个人，不如我们就干脆来个招新，打破这个纪录吧！"亮玥在活动室里号召其他成员，说得激动起来，手舞足蹈的。

"社长，我有事要报告，你一直以来营造的形象正在崩坏啊！"香琳举手说。

亮玥停下来，娇羞地回答："遇上这种大事，就跟要上战场一样兴奋，顾不得形象了！"

亮玥做了分工安排，她跟李哲负责从学校方面做工作，申请桌椅准备到校道招新；香琳和赵雨她们负责做海报和宣传单。

"社长，这不公平，得有个男生留下来帮忙才行。"赵雨傻笑地对着李哲。

"行行行，别一副花痴样，李哲就留下来帮忙，我自己一个人去行了吧！"

于是，一场风风火火的招新活动展开了，亮玥的申请很轻易就得到批准，只是管理社团的主任笑得很耐人寻味。香琳、赵雨她们也很快就画好了海报，准备第二天招新用。

第二天下课后的招新，却像被泼了一盆冷水，不仅寒风中的他们被冻得瑟瑟发抖，连心中的热情也快被浇灭了。

校道上有不少刚放学的学生，他们看到有摆摊的都会围上来。可是围上来一看，"文学社？嗬……"随着轻蔑一笑，转身就走的，这些都是高二、高三的学长。那些围上来一看，"咦？还有文学社？"问了几句才走的，则是高一的学生。亮玥在一瞬间明白了主任的那种笑，应该就是在笑"初生牛犊不怕虎"。

亮玥决定主动出击，走上前去跟那些看起来像高一的学生介绍她理想中的"避风港"。

李哲在摊位前念了一句话："风萧萧兮易水寒，壮士一去兮不复还。"一边说一边连连摇头。赵雨又在旁边看得直流口水，香琳怎么拉也不肯走。

马白在十分钟后来到，背后跟着一个穿着球衣的人和几个班里的男生。亮玥盯着看很久，感觉马白那浩浩荡荡的架势像是要来砸场。看多几秒，慢慢地也认出那个穿球衣的人：凌云，应该也是被马白拉过来的。

"你这是要干吗？不是碍着你们训练吧？"亮玥问马白。

"恰恰相反，我们跟教练请了假，过来帮你招新。"马白说完又用头示意了一下旁边的凌云，只是凌云完全不看这边。

多了马白几个人的帮忙，效率提高不少。下学的人潮也渐渐消失了，再摆下去也没什么效果。马白几个人也帮着把桌椅、海报收拾好，拿回了五楼文学社的活动室。

亮玥一个个地对他们道谢，还说请他们喝汽水。等轮到凌云的时候，气氛瞬间就冷了下来，两个人显得特别尴尬。

亮玥还是厚着脸皮说："谢谢你啊。"

"没事，我也是为了文学。"凌云说完就丢下马白自己跑了。

亮玥跟李哲他们一起留下，细细看了今天招新的名单。报名的有七人，四个人写的加入原因都是"喜好文学"，另外三人写着"哲"字，也不知道是什么意思。

赵雨研究了很久，说："肯定是哲学，文哲不分家，我们学校又没有哲学社，所以报了文学。"说完还意味深长地看了李哲一眼。

香琳在旁边不安好心地笑："这么说的话，加上这两个，我们得有六个喜欢哲学的社员了，不不不，还得算上你，七个，够独立出去创立新社团啦！"

亮玥捂住了香琳嘴巴："在这间活动室别说七这个数字。不管怎么样，今天我们虽然收获不多，但至少保证有三名新社员，已经破了一中纪录！冲破十人啦！！够组一队足球队啦！！！"

香琳还要问："为啥不能说七？"

亮玥看了看周围已经暗下来的天色，觉得是时候把林师兄的故事再说一遍，吓吓她们。亮玥用尽招数把故事讲得更加曲折，可是听完，李哲却带头笑了起来。那笑声一下子就把恐怖的气氛驱散，其他女生也就一点害怕都没有了。

"原来你就是这样当上文学社社长的啊？"

亮玥气鼓鼓地说："笑什么笑啊！明明她们也开始觉得害怕了。再说了，你还不是就这样当上了副社长！"

虽说"避风港"文学社犹如那些外墙画了个"拆"字的建筑一样，是在拆掉的基础上重建的，但也是自己带着社里的成员一砖一瓦重建起来的。重建过程有点小风波，但可以说十分顺利。亮玥这么一想，心里充满了成就感，入学以来的所有不快，似乎都一扫而光。林师兄说要放下再拿起，拿起了其他，放下的也就能看开了。也不知道他是为了找借口找人顶替文学社，还是真的有这样的领悟，总之说得也挺对的。

04

—

[避 风 港]

这是一艘游艇，一艘整洁、漂亮、轻捷的游艇，正在夕阳西下的黄昏中航行。夕阳让大海波光粼粼，游艇的身后留下了一条发光的水痕，一样的颜色，一样的变幻。亮玥站在船头栏杆处，看着随艇飞翔的海鸥，还有其他被马达声吓飞的海鸟，这是除了小山丘下，另一个让人觉得惬意的地方。

亮玥扭头看，驾驶舱里站着一个高高壮壮的船长，在游艇的阴影下，那个人显得特别黑。突然间，天空划过了一道银光，伴随着刺耳的雷响，那个人的身影随之显现，是凌云。银光又划了几次，雷声越来越大。

凌云从驾驶舱走出来，用手直直地指着游艇前面。亮玥转身看去，游艇前面的夕阳变作了一大片乌云，乌云里电闪雷鸣，好像有什么怪物在里面翻滚着，正向游艇压过来。亮玥连连后退，叫喊着"快掉头"，可是身后早已经没了凌云的身影。她惊恐、无助地坐在甲板上。

如果这时候是在避风港就好了。

等了很久，船慢慢地摇动，居然掉头往东而去，一下子就把暴风雨抛在了身后。亮玥对驾驶舱里黑乎乎的人影喊着："谢谢！谢谢！"

"我也是为了文学。"

惊醒，又是一个奇怪的梦。梦里还有一个奇怪的角色：凌云。亮玥看着走廊的灯光，想了想，已经有两年没梦见过凌云了。以前噩梦里经常有他出现；现在是在噩梦里转危为安，还是有他的身影。

以前做噩梦，醒来的时候总能让妈妈抱抱；现在噩梦过后，自己只能呆呆坐在床上听着夜深人静里各种声音。天亮后要回家，回去那个由爸爸妈妈建起来的避风港。

天亮后，亮玥往家里打了电话，妈妈果然已经准备做早餐了。

"妈妈，我想回家。"

"好，今天周六，你爸爸不用上班，早餐不给他准备啦。我现在就开车过去。"

一个小时之后，亮玥在校门口看到了妈妈那台大红色车，再一个小时后，就到了家。

爸爸还在睡懒觉，亮玥扑进了沙发上妈妈的怀里。

"妈妈，我又做噩梦了。"

"凌云？"

"嗯，不过这一次没那么恐怖，他最后把我救了出来。"

"那就不是噩梦啊！"

"但是我好怕。这段时间在学校遇到了好多事，最终都挺过去了。可是，他又出现了，我觉得又有很多事准备发生。"

"他也在一中？"

亮玥把那天被马白的球砸到脸，然后偶遇凌云又讲了一遍。手舞足蹈和表情丰富的亮玥，又好像回到了中考后的那段时间，把妈妈给逗乐了。

"你女儿都差点被撞傻了，当天晚上数学题都解不出来了，你还笑！讨厌。"亮玥又一把抱住了妈妈。

"那其实也不关凌云的事啊，他还要跑过来关心你。"

"就关他事！如果不是他初中那时候踢了那脚球，我就不用转学，我说不定就不会被球又撞一次。"

"你转学又不关他事，所以你注定要被球砸脸的，没办法，哈哈哈……"妈妈还在笑。

亮玥却停了下来："你说什么？我转学不关他事？"

"对啊，关你爸爸事，怎么就怪罪凌云了？"

"妈妈，你到底在说什么？我是不是被球砸傻了，你说的我都不明白。"

"多砸几次也不会把我的女儿砸傻的。你难道已经忘了，你爸换工作，所以搬的家啊！"

05

——

[缺 失 的 一 角]

如果说，亮玥之前的记忆和了解到的情况是一些点，那么经过她的整理，已经组成了线，这条线已经能够圈出一幅少了一角的画。如今，妈妈再将她的记忆说出来，正好把这个角填补上去。

妈妈接到学校的紧急电话之后，马上联系了爸爸，两个人一起来到了学校。在106班窗外，妈妈看到了安然无恙的亮玥时，扭头这么跟爸爸说："我怀疑我是不是接到了诈骗电话，咱女儿不是好端端坐在那里吗？"

还好这个时候，班主任已经从办公室走出来，将爸爸妈妈带到了校长办公室。妈妈临走的时候，看到了亮玥的眼神，无辜、惊讶，并没有惊恐。

爸爸和妈妈走进校长办公室的时候，里面已经坐着另外一对夫妇。一个雄壮的、怒气冲冲的男人，一个低着头、面带愧色的女人。随着开门声，两个人同时扭头看着爸爸妈妈。

妈妈第一反应是：亮玥早恋被抓了？惊恐地看着爸爸，爸爸却毫无反应。妈妈已经在脑海里准备好道歉的词语，准备校长一说出来马上就道歉。

校长开始说话，显然刚刚已经跟那对夫妇说过一遍："学校最近观察到，有一个视频被校内的学生传播得很广，是关于亮玥和凌云两个孩子的。所以将四位家长叫过来，是想要了解一下情况。"

"凌云？没事，没事，请继续。"妈妈似乎想起了什么。

校长继续把视频的内容详细描述了出来，显然是已经说过多次，描述起来绘声绘色。旁边那对夫妇一起低下了头，显得十分内疚。

妈妈看了看爸爸，他好像在思考着什么。可是妈妈心里却想着：这件事听起来就是个网络恶作剧，充其量就是运动事故，真的有那么紧急吗？

爸爸在旁边突然开口："因为我们还没听女儿提起过这件事，我想先跟她谈谈，了解一下，请问可以吗？"

爸爸妈妈和亮玥被安排到了隔壁一间没人的会客室。

亮玥一进门就哭着扑向妈妈："爸爸、妈妈，我真的不知道为什么会搞成这样。"

妈妈严肃地问：“亮玥，你真的被欺负了吗？”

“没有啊，妈妈，凌云都没欺负我，他只是过去捡球。”

“所以那个男生不是故意踢你的？”

“不是的，他经常去捡球，那天的球也只是轻轻碰到我，我自己滑倒了。”

“真的没有校园欺凌？”

“没有啊，没有啊！妈妈，那个男生没做什么，我也没有做什么啊，为什么会变成这样？为什么还要把你们叫来学校？”

爸爸这时候才开始说话：“亮玥，乖，不用哭了。爸爸妈妈了解情况了，我们会好好跟校长沟通的。”

亮玥被带回去班里，爸爸在会客室里对妈妈说：“校园欺凌是有的，但真正的欺凌者是这个学校转发视频的所有学生，是对这件事指手画脚的所有人，是不知道如何处理这件事的老师和校长，还有这整个学校的氛围。”

再回到校长办公室，那对夫妇不住地跟爸爸妈妈道歉。爸爸妈妈始终客气地对待他们，并且跟他们强调：“凌云和亮玥之间只是发生了一个小误会，并没有什么问题，放心吧。”爸爸妈妈还帮他们向校长求情，不要去处理凌云。

临走之时，爸爸折回去对校长说：“对了，校长，因为我最近工作有调动，我下个星期会过来顺便帮我女儿处理转学手续，这样子对她也好一点。”

“好的，好的，我明白。”校长一边说，一边把爸爸妈妈送到了办公室门口。

妈妈问爸爸："他到底明不明白？"

"我觉得没明白。"

"对了，爸爸，我觉得你好帅！一直以来你都做不了的决定，现在为了我们的女儿，你一个转身就定下来了。"

"谢谢你啊，妈妈。一直以来，我都觉得调动会影响我们整个家庭，不过现在看来，总比让女儿在这样一个环境下继续学习的影响要小。"

一个星期后，妈妈告诉亮玥爸爸换了工作，所以要搬家，她也得转学。亮玥正在低迷期，轻轻地"嗯"了一声之后，并没有其他反应，就在一个晚上，跟着爸爸妈妈到了新家。

亮玥在沙发上蜷起双脚，把头埋在了环住膝盖的手臂里："妈妈，我一直以来都以为是我的羸弱所以被凌云欺负，因为凌云才受到了别人的取笑，我一直以为因为这件事我们才搬的家……你们甚至连对这件事的判断都不跟我说一下，我就像个傻子一样恨了懦弱的自己三年，把别人当仇人一样恨了三年！"声音越来越大声，把房间里的爸爸都吵醒了。

亮玥跳了起来，越过了爸爸，跑进自己的房间里，紧紧锁上了门。

房间外面传来了妈妈的声音："没事的，让她冷静一下。"然后，客厅就静了下来。

在床上躺了一个小时，哭了一个小时，想了一个小时。

自己到底是个傻子还是个弱者？还是两者都是？自己确实是个弱者，不是因为软弱所以被凌云捉弄，而是因为不敢对抗各种谣言和中伤，因为出了事就不敢面对，这样才显得软弱。自己确实是个傻子，出了事之后只能像鸵鸟一样把头埋在土里，不敢去寻找真相，傻傻地听从命运安排，还要傻到把凌云当成自己的仇人。还要傻到，三年后还来怨恨当时为了自己更好成长而搬家的爸爸妈妈。

亮玥跑出了房间，笑着对爸爸妈妈道歉。这个时候，只有笑才能安慰爸爸妈妈，只有笑才能让他们真正放下心。

晚上，妈妈跑到亮玥房间。两个人已经有两年没在一起睡过了，这晚，亮玥觉得特别温馨、安全。

"妈妈，你听校长说那个视频的时候，想到了什么？"

"真的要妈妈把你的秘密说出来？"

亮玥把被子紧紧盖住自己的脸："我哪有什么秘密啊！"

"都这么害羞了，还说没有。我是想起了我的女儿少女怀春，老是在纸上写着'云'字。"

"啊？你怎么知道的？你在哪里看到的？"

"我在哪里看到的？你的草稿纸上不是画踢球的人就是写着'云'，我当然看得到啦。还有还有，明明以前都不爱运动的你，居然还陪着你爸爸熬夜看足球。一说到你是被足球砸到，我就猜得七七八八了。"

"不要说了，不要说了……"

"哈哈，给我看看你脸红到什么程度！"妈妈掀开了亮玥的被子，"老实说，你们当时还没开始谈恋爱？"

"怎么可能！！妈妈你别乱说。"亮玥把妈妈紧紧地抱住，在她额头亲了一下，"谢谢妈妈……"

"傻瓜。"

9

第九章　萌芽

亮玥迎着夕阳跑起来，微凉的晚风扑面而来，那种感觉无比舒爽。她大步跑了起来，就像初中时候的自己。亮玥一边跑一边微笑，原来跑步的感觉还在，还是那么开心。而且还可以让马白和凌云刮目相看，更开心。

Youth

01

—

[**新 生**]

邱琪是在第二学期期中考试后将要搬离宿舍。这个消息是赵雨跟香琳说了，香琳再传给亮玥的。邱琪跟赵雨说搬离宿舍的原因是家里遇到了些问题，须要住在家里方便一些；而香琳从麦慧儿那里打听到的消息是，邱琪的爸妈不满意她的成绩，请了家教老师每天去给她补课，在家里会更方便。

那天她的爸妈和张妈来到宿舍的时候，亮玥跟香琳、赵雨正在文学社的活动室里。

"没想到李哲的诗真的写得很好，引用了那么多典故，我都看不懂。"赵雨捧着李哲的诗，一遍遍地读着，还用手指细细地划过每个字。

"你看不懂只能证明你浅薄，不代表人家写得好。"香琳总忍不住呛赵雨，特别是在赵雨夸李哲的时候。

"那要不你来写一首试试。"赵雨不服。

"手里白云肪，胸前着云光。偷眼暗自叹，不如从坐之，作同桌。"

"不算不算，你这是抄了温庭筠的，又没规章，又不押韵。"

"那你知道前面两句写的什么吗？"

"那个……那个……"赵雨还是想不出是什么。

亮玥在旁边笑着说："她说的是你手里拿着纸，把李哲的笔墨都捧在胸口。云肪是纸的雅称，云光则是墨的雅称。"

　　香琳又接着说："所以说你浅薄，你还不信。赶紧去跟小柯说你要换位置，去跟李哲坐吧，我都嫌弃你了。"

　　"别嫌弃我嘛！香琳，我的好琳儿……"

　　"哈哈，你们两个别恶心我了，回宿舍去吧，然后准备等饭堂开饭啦！"

　　亮玥和香琳、赵雨回到宿舍的时候，邱琪他们还没收拾完行李。那种感觉好像回到了开学的第一天，宿舍里一下子站了几个大人。邱琪在地上指挥，张妈在床上收拾床铺。

　　三个女孩子都跟邱琪的爸妈打过招呼，然而得到的却是冷冷的回应，两个大人极其不耐烦似的点了点头，又拿起手机不知道在看什么。宿舍里安静了下来，只是偶尔邱琪发出几句指令，张妈在床上"好的，好的"回应。

　　坐在书桌前，可是怎么也看不下书，身旁两个大人带来的那种压抑感铺满了宿舍里整个空间，让人觉得喘不过气来，精神根本无法集中。亮玥移了移桌上的镜子，这个角度刚好可以看到邱琪的床位，她的爸妈也映在其中。

　　邱琪的爸爸是个四十岁左右的中年男人，肥胖而导致变圆的脸上满是油光，闪闪发亮的鼻子上托着一个金丝眼镜。眼镜背后的眼睛看上去精光闪闪，其实是一种凶恶的眼神。薄而尖的嘴，配上那两个月没剪的平头，显得是个尖酸刻薄的中年。不合体的西装，凸出的肚子，所有的元素组合起来就是个令人讨厌的暴发户商人。

　　亮玥不由得想起自己的爸爸，运动型的身材、干净清爽的脸庞、适度的皱纹和蓬松的鬈发，让他显得有点儒雅，一点都看不出是生意人。

　　至于邱琪的妈妈，更加没得比较，肥胖的身材，脖子上挂着粗大的珍珠项链。

相比较之下，反而是床上的张妈显得简单又不失大体。只是以后就再看不到张妈周日送邱琪过来上学了，以前每次她过来，总会带一些她自制的甜点。张妈很快就把东西都收拾完，一件件放进行李箱。

直到邱琪转身，亮玥才停止观察，转过身看着邱琪他们往宿舍外走去。

"三位小朋友，这个时间饭堂还没开饭吧？要不要一起到外面吃个饭，算给邱琪饯别？"

香琳马上接话："不用吧，邱琪也不是转学，我们……"

"嗯，下次吧，下次吧。我们也急着回去了。"邱琪的妈妈也不等香琳说完，好像怕她们会突然反悔一样，急急拉着邱琪往外走了。

赵雨在她们走了后，忍不住说了句："也是个可怜的孩子，连集体生活都没能享受。"

香琳也叹息了一句："唉，我们还是吃饭吧！"

可恨之人必有可悲之苦，亮玥并不清楚邱琪离开宿舍的真正原因，但是她在邱琪走出去的时候，看到了她的眼睛在诉说着不舍。只是，邱琪已经从可怜的人过渡到可恨之人，如今她离开了宿舍，再也不用每天对着她。亮玥心里也有说不出的爽快，像吐了一口长长的恶气。

饭堂里，亮玥看到了最喜欢吃的番茄炒蛋，这里的番茄炒蛋很有妈妈的味道。亮玥赶紧打了一个，想了想，又打多一个，今天的午饭吃的全都是番茄炒蛋。

"你不腻吗？打这么多的番茄炒蛋。"

"不腻，好吃，像我妈妈做的一样。"

"好吧，你开心就好。"

"哈哈，是的，我好开心，看到这个菜。"

亮玥没把自己的心里话说出来，其实她很想告诉香琳和赵雨："我觉得之前的我快得抑郁症了。现在的我把身边的麻烦事一件件解决，我觉得很快乐。"

无论是竞选军训负责人也好，还是竞选班长也好，再到后面的诬陷，那个令人不快的邱琪已经搬出了宿舍。即使亮玥再大度，她也受不了那个每一次都想跟自己作对的人，更何况每天都要在宿舍相对，听冷嘲热讽。如果说邱琪是亮玥高中生活中最大的不开心元素，并不为过，亮玥很开心她现在的离开。

而另外一个原因，则是自己终于把初中的那张"拼图"完整拼出来，知道了自己错在哪里，解除了对凌云的误解。马白的出现，像是一个和事佬，如果自己能够勇于道歉，也许能够跟凌云成为好朋友。

这是作为一个新生的"新生"，在高一第二个学期，亮玥意识到自己迎来了真正的高中生活。

02

——

[夕 阳 下 的 操 场]

日落前的操场，令人十分喜欢。太阳不再猛烈，照在身上会有一种温柔的暖，不再是热感；晚风吹来阵阵凉意，把篮球场、跑道、足球场、排球场上运动的声音也吹过来；地上小草青青，树上花儿朵朵。

亮玥伸了伸懒腰："啊……青春啊青春！"

一切都显得那么美好，除了太阳不再那么亮，坐在主席台边书上的字也看不清了。

亮玥喜欢上了放学后的这段时间，如果文学社没有活动，她就会在吃饭前来到操场上的主席台边，找个没有什么人的地方坐下，利用夕阳的余晖，安安静静地看自己的书。

亮玥有自己的阅读习惯和体系，但是对一些需要认真看的书，她都非常认真地对待。而这一类书居然大多是文学类图书。上一本看完的图书是《百年孤独》，因为是自己买来收藏的，所以上面写了好多的读书笔记。虽然很多都是短短一两句话，但是亮玥觉得这本书等过几年后再翻开，肯定能够知道自己的思想是否在哪里产生了变化。

"回忆没有归路，春天总是一去不返。车窗外瞬间闪过世间万象，如同将一首飞逝的长诗撕成碎片向着遗忘之乡一路抛洒。""最大的安静，是在吵闹的世界里，仍然可以听到自己的心跳声。""最后一个奥雷里亚诺同时也是阿尔卡蒂奥，最后一个阿玛兰妲同时也是乌尔苏拉，也是丽贝卡，也是蕾梅黛丝。落入爱与欲的深渊中。但即便是《百年孤独》的结尾也是强加的。因为每一部小说都应该是重复的和永恒的，没有开头，也不应该有结局。《百年孤独》没有开头，而《城堡》则没有结尾。""沉淀着人类永恒的孤独感。所有苍凉平静短促离乱的场景都令人着迷，众人数行间被如橡巨笔一刀毙命你甚至来不及停顿。"诸如此类简短却意味深长的笔记，多年后再看到也不知会做何感想。

　　亮玥在手里的书上写下了"人性的贪婪、自私和凶残，人类的动物性"，然后狠狠地盖上。这是前不久刚买的《2666》，大部头、难读懂，趁着夕阳西下，亮玥给了自己一个更合理的借口：看不了，合上书休息一下，暂停一下。

　　足球场上，还有好多人在训练，马白和凌云就在其中。亮玥每一次来都会看到马白和凌云两个人，很多时候他们都是单独训练，没法参加比赛。即使被安排比赛，也是站在旁边替补，等着换人，不一定能够上场。可是马白跟亮玥说："我们已经很幸运了，没有被二线队员替换，有两三个师兄已经退到了二线队。我们再等一等就会有机会。"

　　亮玥看着马白和凌云两个人在跑动传球，教练其实一点都没看他们，可是他们练得特别认真。他们肯定也很开心，时不时会传来笑声。凌云的笑声还是那么爽朗，这么一想，亮玥又脸红了。初中的自己听过凌云的笑声，觉得特别豪迈，可是后来噩梦里的笑声就变得特别险恶。

　　笑声不断地传来，这才是运动的真正意义：让人觉得开心。亮玥也想更加开心，在这一刻，她想奔跑，想拥抱晚风。

　　到了高中，亮玥很少跑步，主要是因为会出汗，一出汗就得洗澡，一洗澡就总会觉得皮肤干燥、瘙痒难耐。那为了自己的内心，跑一次其实也可以接受的。

　　把准备运动做足，把鞋带绑好，亮玥站到了跑道上。当她抬起头，却发现马白和凌云在看着这边。亮玥笑着跟他们打了招呼，特意看了凌云好几秒，凌云也只好稍微挥了挥手。只是他的表情也跟马白类似，有点惊讶。是他们大惊小怪，还是一直以来只会读书的自己给他们留下了不会运动的印象?

初一转学之后，亮玥给自己制订了计划。一是改变自己的音量，让自己显得大气，她每天都会在放学后到操场上练习朗诵，让自己勇敢地把话说出来；二是改变自己的体质，让自己显得强大。她每天在操场朗诵之后，强迫自己跑1000米，在习惯了运动量之后，她又不断地压缩时间限制。

上一周运动会报名，亮玥报了800米不是因为班里没人报名，作为班长的她挺身而出，而是因为她确实训练过自己。

亮玥迎着夕阳跑起来，微凉的晚风扑面而来，那种感觉无比舒爽。她大步跑了起来，就像初中时候的自己。亮玥一边跑一边微笑，原来跑步的感觉还在，还是那么开心。而且还可以让马白和凌云刮目相看，更开心。

跑了两圈，算是为下个月的比赛预习。亮玥到主席台旁边拿起《2666》，准备到足球场跟马白和凌云道别。他们两个正被教练使唤着收拾练习器具，马白把球一个个踢到竹筐边，凌云把雪糕筒一个个收拾起来。

"马白，凌云，我回去了噢！"

凌云吓得把手里的雪糕筒掉地上，马白却很自然地挥了挥手。

"拜拜！"

03
——

[化 学 课]

当亮玥回头想了一下最近的经历之后，她心里又是一阵窃喜，这类似于一种劫后余生的感觉。可是欢喜过后又有一阵焦虑，因为这段时间以来，功课好像落下了不少。她马上就想收回心思好好听课，然而……

"如果将海水中的盐类全部提取出来，铺在地球的陆地上，可以使陆地平均升高……"讲台上化学课老师张老太说起这个问题，神游体外的亮玥突然想起在哪里看过这个问题，睁大眼，一瞬间就看到课本右上角的知识链接写的正是这个问题。

丽敏在旁边悄悄地说："张老太真是无聊啊，对着书本念，怪不得叫老太婆。好怀念林老师，她不休产假就好了。"

"嗯，我也听得好无聊。"

张老太估计是听到台下有议论声，好多同学都在打瞌睡，所以放下了手上的课本。

"说老实话，你们林老师休产假，我也只是暂时代课的。我没必要真的非常用心来带你们，可是做了这么多年老师，确实也不忍心看你们这样在课堂上浪费时间。"张老太上了这么多堂课，第一次走到同学中间，她继续说，"你们林老师年轻有想法，教学方式可能比较多样化。我老了，让我学习新的教学方式比较难。可是我一直以来都是这样教出一批批学生的，他们的化学成绩也不差。所以说，你们可以尝试一下接受我的教学模式，试着听我讲完知识点，我保证会在知识点讲完后让你们接触到化学真正有趣的地方。"

亮玥听了张老太这么讲，作为班长要以身作则，也就只好挺直腰，坐直了听讲。更何况，化学一直都是亮玥觉得比较吃力的一门课。

这一节课讲的是"氯"，1774年，瑞典化学家舍勒在研究软锰矿的过程中，将它与浓盐酸混合加热，产生了一种黄绿色的气体，有强烈的刺鼻气味。但是舍勒并没能确认这一种气体，后来的科学家普遍认为这种气体是"氧化的盐酸"气，是一种氧化物。直到1810年，戴维才确认这不是一种化合物，而是一种新元素组成的单质，并将这种元素命名为Chlorine。这是希腊文，有"绿色"的意思，中文也曾翻译为"绿气"，后改为"氯气"。

氯气是很活泼的非金属单质，具有很强的氧化性。氯气能与大多数金属化合，生成金属氯化物（盐）。例如，钠能在氯气中燃烧：

$$2Na+Cl_2 == 2NaCl$$

现在，很多的自来水厂都会采用氯气来杀菌、消毒，自来水里面散发出来的刺激性气味就是余氯的气味。氯气溶于水能用来杀菌消毒的原理在于：25℃时，1体积的水能够溶解约2体积的氯气，氯气的水溶液是氯水。在常温下，溶于水中的Cl_2与水发生如下反应：

$$Cl_2+H_2O == HCl+HClO$$

次氯酸（HClO）具有强氧化性，因此，次氯酸能杀死水中的病菌，起到消毒的作用。氯水也因为含有次氯酸而具有漂白作用。

次氯酸是很弱的酸，不稳定，只存在于水溶液中，在光照下易分解，最终放出氯气：

$$2HClO \longrightarrow 2HCl+O_2\uparrow$$

$$HClO+HCl \longrightarrow H_2O+Cl_2\uparrow$$

近年来，有科学家提出，使用氯气对自来水消毒时，氯气会与水中的有机物发生反应，生成的有机氯化物可能对人体有害。因此，人们已经开始研究并试用新的自来水消毒剂。

张老太讲到这里，再一次放下书本。"其实我的教学方式，都是在书本知识讲完后才开始的。我要教你们的，就是化学并不仅仅是一门学科，而是生活的一部分。不好意思，很多同学我还没记住名字，班长，你起来回答问题。"

亮玥站了起来。

"班长，我记得你住宿的，晚自习有看过你。"

"是的，老师。"

"我想问你，在宿舍洗澡，打开水龙头的时候，是不是有氯气的味道？"

"嗯，学校的味道特别浓，家里并没有这种感觉。"

"我再问你，在学校一段时间，会不会觉得头发干涩，容易断裂、分叉？洗完澡是不是有时候觉得皮肤干燥、瘙痒？"

"会有这种感觉。"

"那么，问题来了，你们知道为什么吗？为什么要在学氯元素的时候问你们这个问题？你们可以好好想一想，有兴趣的同学可以来我这里报名组成小组，好好探究一下学校的水，然后试着看看能不能改变这种水质。"

在这个时候铃声刚好响了，亮玥第一次觉得张老太厉害，课堂经验如此丰富，时间把控得如此好。

"好了，下课，我提的问题你们下节课不一定要回答我，我给你们组队的建议你们也不一定要去完成。但我可以告诉你们，化学真正的乐趣就在实验探究中。"

04

[化 学 小 组]

亮玥并不在意化学的乐趣，但是她非常在意为什么洗完澡头发干涩，容易断裂、分叉，皮肤干燥、瘙痒。放学前，亮玥决定找张老太报名，至少要弄清为什么。

找到张老太的时候，前面已经有三个人报了名，一个是李哲，一个是赵雨。一看就知道，赵雨是跟着李哲报的名。而另外一个，是马白。到了周五，张老太通知亮玥，总共有四个人报了名，可以组成化学小组，亮玥当组长，直接跟她对接。

第一个课题比较简单，就是找出氯的相关资料。

"其实张老师给的课题比较简单，你们愿不愿意听我安排，我们重新策划一下？"亮玥自信足够了解其他三个人，作为一个组长安排工作，她能够安排得很好。李哲是化学课代表，自身化学成绩好，一定会参加这个小组。赵雨则是因为李哲参加了，所以才报名。马白的情况比较难懂，但是亮玥猜他是因为这个化学小组有点挑战性。

三个人都没意见，都愿意听从亮玥的安排。

"李哲，你是课代表，化学你最厉害，氯的资料你来准备，别找书本上那些，我知道你肯定能够找到更高深的知识点。"

李哲把要求记在本子上，点了点头："好。"

"马白，你的任务是协助李哲，但是你的重点是找到氯对人体的危害。"

"好的，那你们两个呢？"

"哈哈哈，我们两个女生啊？当然是找出导致我们头发分叉的罪魁祸首啦！"

亮玥发现自己对待化学从来没有这么认真过，原来当知识点是围绕身边生活展开的时候，学习的态度可以变化这么大。

亮玥和赵雨跑到图书馆，一本书一本书地查阅，从医药查到人体，从化学查到生活，从地理查到物理，再一个知识点一个知识点记下来。

等李哲和马白将查到的资料跟她们汇集起来时，他们才发现，原来这个课题搜集资料简单，但是总结有点难。

首先，自来水厂通常把氯气或者二氧化氯通入水中，形成次氯酸和次氯酸根。它们具有超强的氧化能力，能够杀灭多种细菌。氯气、二氧化氯、次氯酸、次氯酸根，都不稳定。在光照、加热等条件下，会进一步转化成盐酸、氯酸，也会形成少量的其他含氯化合物。那自来水厂为什么要让水残留一些氯化合物？那是因为水中留下的很少次氯酸和次氯酸根，能够实现对细菌的抑制。换句话说，自来水中需要一定的"余氯"存在才能保证自来水在输送过程中的安全。

其次，有些专家提出：自来水中余氯结合水中有机物时，产生四氯化碳、二氯乙醇，以及三氯甲烷等，水中的三氯甲烷进入人体会立即被吸收，产生二氧化碳、氯离子、碳酰氯（毒瓦斯）等伤害中枢机能、肝、肾，致畸以及致癌。不过，这是比较偏激的说法，我国的自来水符合《生活饮用水卫生标准》，自来水中余氯含量远低于每升0.005毫克。

最后，两个女生找出的资料显示，水质确实对头发、皮肤的影响很大。两人都是在来到学校后，才慢慢觉得发质变差、皮肤干燥的。而氯确实可能引起皮肤干燥、皲裂、丘疹、粉刺，或有手掌角化、指甲变薄等改变。而另一方面，除了氯，还有硬水也对发质、皮肤有影响。硬水和软水是初三的化学知识，亮玥依靠记忆将重点列举了出来：硬水是含有较多可溶性钙、镁化合物的水；软水是不含或含较少可溶性钙、镁化合物的水。饮用水中含有微量的钙、镁成分，对人体健康是有益的。但是，水中含太多的钙、镁成分，对生活和生产都有危害。英国的一份报告指出，饮用水和生活用水的硬度增加，或当水质的硬度超过每升含200毫克碳酸钙（200mg/ 1 CaCO$_3$）时，会导致异位性皮肤炎或湿疹的发生率增加。当患有异位性皮肤炎或湿疹的患者从水质硬度较高的地区，搬至水质硬度较低的地区后，皮肤症状相对减轻许多。东京农工大学的过敏专家松田浩珍教授的研究团队，研究因清洁剂清洁患有皮肤炎症的老鼠的结果发现，使用硬水清洁后的皮肤水分流失量明显多于使用软水清洁的皮肤，认为水质硬度对皮肤的防御功能有影响。

　　四个人对资料收集结果做了一个总结，回答了张老太课堂上的问题：当余氯的量过大时，对人体有一定的影响，同时，北方地区的硬水也对人体有影响，这些影响都源自自来水。

　　他们都惊讶于日常生活中的水居然对人体影响这么大，而张老太则惊讶于这个小组超额完成了任务。

　　"我只是让你们找一些氯的相关资料，你们倒把后面我想让你们做的都先完成了。"张老太看着他们四个人提交的报告，虽然短，但是应该说是很简洁。该涉及的点也都找到了，算是一份比较完美的答案，"既然这样，交给你们另外一个比较高级的课题，找找看有什么办法能够消除自来水的余氯，对你们两个女生这可是利好噢！以后洗澡就不怕头发干涩、皮肤干燥啦！"

　　四个人对这个新课题都有点疑惑，亮玥问张老太："自来水厂的水，我们怎么去改变？就算只是改变学校的水，我们也做不到啊！"

　　"做不做得到要试过才知道，理科的乐趣，很多都来自于自己亲身去体验。给你们个提示，净水机。"

　　亮玥拉着其他三人到教室里讨论，可是怎么讨论也找不到方向，最终亮玥还是做了个决定："看来我们也只能靠张老太的提示去找答案了，我们这周回家，就去研究一下家里的净水机，等回来后再分别汇报自己的发现。"

　　然而，这个课题对于化学小组来说，其实是没有完成的。净水机还没开始研究，校运会就来了，校运会过了，期末考又来了。课题的研究因为这些事一而再，再而三地延迟，直到小组的解散。

不过，小组的解散发生在期末考试之后，亮玥现在还认为自己的高中生活正在不断好转，积极向上。化学小组的事就像一颗种子，埋在了亮玥心底，等待着萌芽，只是不知道长出来会是一棵树，还是一棵杂草。

10

Chapter 10

第十章 三人行

这不是上午，这是傍晚；那不是骄阳，那是夕阳；围观的不是群众，而是平常都在这操场运动的青春少年。这么一想，接下来的800米就不再是比赛，而是能够令人开心的跑步。随着枪声一响，亮玥也跑了出去。步伐还可以，手摆得也可以，气息调节得也可以。

Youth

OI

—

[运 动 会]

　　运动会的通知早在"避风港"招新那时候就已经下达了。亮玥收到通知的时候，心里咯噔一下：班里到底会有多少人报名？会不会人数都凑不齐？

　　运动会这事只能找体育委员——马白商量。

　　"马白，学校要举办运动会，你觉得我们班里会有人主动报名吗？"

　　"这真的好难说，平常体育课，你看谁是真正在锻炼的。玩的时候都那么起劲，一让跑步什么的，全都像散了骨头一样。感觉让他们主动报名参加运动会，跟杀了他们没啥区别。"

　　果然，亮玥在班会上通知运动会的时候，几乎所有人都低下了头。这是一中的一班，上课的时候老师提问都不会发生这种情况，可见运动会真会要了他们的命。

　　马白在这个时候站了起来："我是体育委员，也是班集体的一员。我是为了班级的荣耀报名的，我可以参加100米、400米和1000米。"

　　荣耀的说法并没有打动一班的人，对于他们来说，成绩才是荣耀。亮玥和马白也没办法，只能宣布课后找有特长的同学来报名。那些在初中升高中的报名表格上写着"特长：运动"的同学，这下全都趴在桌子上唉声叹气。

　　"命苦啊！早知今日不该当初啊！！"

　　小柯把一整沓报名表交给了亮玥和马白："我不是说这种方法不行，

只是我觉得可以用其他的办法。你现在筛选出这些人，到时候他们不愿意训练，赛场上又不愿意出力，成绩更加难看。我觉得可以试试用激将法，你想想看。"

亮玥还是把报名表看了一遍："嗯，谢谢小柯。看一遍我自己心里也有底，我知道应该怎么做了。"

亮玥和马白商量了一阵，最终还是由亮玥来执行这项决定。

"是这样的，我们刚刚本来想去小柯那里拿报名表，挑一些有特长的同学报名运动会。刚好碰到了二班的班长，我们跟他聊了一下。他说他们班的报名已经满了，他们连运动会口号都想好了，是怎么说来着，马白？"

马白在旁边接话道："二班，二班，超越一班。应该是这么说的。"

"听起来是很假，不过我们班确实没法跟他们比。小柯说最近我们的成绩都普遍下降，快被他们追上了。现在如果我们选了那些有特长的同学，他们估计也不愿意训练，到时候赛场上拿不出好成绩，我们又得责怪他们，这也不好。更加不好的是，到时候我们的成绩又比二班的差，我们的脸往哪儿搁？"

"是的是的，所以我跟班长还有小柯都商量了一下，集体弃权，让他们想赢都没得赢，我们就能立于不败之地！"

这样的激将法像一粒沙子投入大海中，一点波澜都没能激起。班里没有人对他们做出反应，整一天下来，一个报名的都没有。

"唉，太失败了。"亮玥对着马白吐槽，"我们太没说服力了。"

"是不是我们演得太假啊？"

"我已经尽力了，现在怎么办？如果没人报名，那时候真得自动弃权。"

"我们私底下一个个去谈吧，拉也要拉到运动场去。"

"体育委员，我要报名，报男子铅球。"

"我也报名，我能够跑男子接力。"

第二天早上，马白居然一下子就收到了两个男生的报名。课间休息的时候，马白找到亮玥，欣喜地分享了这个消息。

"女生呢？女生呢？！"

"女生暂时还没人报名……"

"我在想，是不是我们昨天的话见效了？"

"你就别再自我安慰啦。"

"呜呜呜，你别这样嘛！给我点信心。"

到了下午，女生也有两个报了名。而且马白和亮玥一统计，报名的人都是档案上特长写了体育的人。这下子，马白和亮玥更加疑惑了。问报名的同学，没有人说具体原因，都说是"为班争光"之类的。

直到亮玥跟丽敏偷偷传纸条的时候，丽敏才说出了真相。

"我告诉你，你别说出去。小柯发了微信给我，什么都没说，就只有两张图，一张是二班早上集体训练的图，另外一张是二班傍晚集体训练的图。"

亮玥从丽敏的字里行间读出了那种无形的压迫感，那是来自于小柯的无声的"威胁"。亮玥忍不住找马白说出了这个真相："我跟你说，你真的别说出去……"

马白听完了这件事，只说了一句话："姜还是老的辣啊！"

很快，男生的报名满了，但是女子800米一直空缺着。亮玥看着那张报名表，犹豫了一下，最终还是把自己的名字填了上去。这样，才把报名人数凑够了，最终亮玥报了800米和接力最后一棒，马白像一开始说好的，报了100米、400米和1000米。

亮玥在操场第一次练习800米的时候，跟马白和凌云都打了招呼。之后每一次去，临走前都会跟他们道别。慢慢地，凌云也习惯了这种模式，有时候看到亮玥要走，也会主动挥手。只是心里始终有个结，他的结并没有像亮玥妈妈那样的角色帮他解开，他的爸妈一直以来都认为初中的往事是凌云做错了，没有任何可以辩驳的余地。

马白试着去了解凌云和亮玥的过去。凌云一直遮遮掩掩不肯说，亮玥却毫无顾忌地说了出来，因为她认为错的不应该是他们两个，如果真的说错了，只能是自己错怪了凌云。

亮玥在跑道上跑步，马白时不时就拉着凌云一起陪跑。

"我也要训练1000米，你也要啊！那还不快点训练，想输给我吗？"马白一看到教练没在，就让凌云跟着跑步。跑步也算是一种训练，被教练回来看到也不会挨骂。

"你想跟人家一起跑就说，别老找借口。"

"我还真不是为了训练，我是为了跟你一起跑，这样行了吧？"马白这句话说出来，凌云也不知道怎么回答，只好一起跑出了跑道，跟上了亮玥。

"亮玥，你的跑步姿势不正确，让凌云教你。"马白把凌云推了上去。

跟凌云的别扭相比，亮玥倒是很大方："这样好吗？教会了我，到时候运动会上我拿了第一，你们班的女生拿了第二怎么办？"

"我们班的女生，在准备好开跑的时候抢跑犯规，已经被罚下了。"

三个人就这样有说有笑地练着长跑，在凌云的指导下，亮玥确实觉得跑步没那么辛苦，800米跑下来，也不会筋疲力尽。

"现在宣布，江南一中运动会正式开始。"主席台上的领导用最大的音量喊了一句。各个班级的方队随着进行曲走进场，因为高三得准备高考，所以没份参加运动会，整个操场就只有十六个方队。

101班的人都穿着校服，跟高一其他班的学生都不一样。本来亮玥准备安排服装，训练一下方队的，最后大家都一致否决：我们运动成绩比他们好就行了，不做那些无用功。还好，虽然高一其他班都有自己的特色班服，甚至有些穿了Cosplay服装的，但是高二还是有不少班穿着校服；还好一班走进场的时候也算是整齐划一。

马白报名的项目都排在前面，很快就比赛完了，拿了一个第一名，其他两项因为有凌云在，只能拿第二名。其他男生的比赛成绩一般，但是亮玥看了一下排行榜，至少比二班这个假想敌的成绩好。亮玥回到大本营，还跟同学们欢呼了一阵。

"现在进行女子800米跑比赛，请各个参赛人员做好准备。第一轮第一道，101班于亮玥……"

"班长加油！"

"班长我们看好你！拿个第一回来。"

亮玥在几个同学的簇拥下来到了跑道上，本来并不紧张，但是同学们这么一鼓励，心里反而增加了负担。亮玥只能深呼吸，调节自己的情绪。

这不是上午，这是傍晚；那不是骄阳，那是夕阳；围观的不是群众，而是平常都在这操场运动的青春少年。这么一想，接下来的800米就不再是比赛，而是能够令人开心的跑步。随着枪声一响，亮玥也跑了出去。步伐还可以，手摆得也可以，气息调节得也可以。

亮玥一直领先在前面，等到第二圈，她开始觉得气有点喘不过来。看来是犯了凌云提过的错误：领跑者要注意控制自己的节奏，没参照物很容易就会把节奏忘了。想到这里，脚步一踉跄，就摔倒在地上，刚刚还落在后面的第二名赶超了过去。

跑道旁边有个男生挤过人潮，很快就把亮玥扶起来。同时主席台上也响起一声警告："跑道外的观众不要干扰比赛，警告一次，如果再犯，参赛者也会取消资格。"

亮玥看了看身边的男生，原来是凌云。

凌云放开了亮玥的手臂，轻声地说："调节气息，掌握好节奏追上去，快到终点时候再超过她。"

亮玥点了点头，加快一点速度追上反超的第二名。一直紧咬着她，跟随在她后面。临到终点，亮玥按照凌云的指示铆足了劲从旁边冲上去。可惜，凌云忘记了亮玥没有比赛经验，拿捏不好反超的时间。最后还是因为0.1秒惜败，只能拿第二名。

班里的后勤人员在亮玥到达终点之后，赶紧将她扶回大本营，给她受伤的膝盖上药。

亮玥基本处于虚脱状态，气息乱了套加上最后的冲刺让她短时间内缓不过气来。但是心里很不甘心，一直在责怪自己：本来可以拿到第一的，为什么在最后关头会失误？

同学给她上双氧水的时候，她的眼泪也跟着滴下来。

"是不是很痛啊？"

"嗯，是的。"亮玥其实是在说心很痛。

休息了好久，亮玥又站了起来。接下去只有下午的接力赛，现在这个时间，她不能唉声叹气，她要给班里各个参加比赛的同学加油。

凌云跟着马白来到一班的大本营。

"脚有没有事？"凌云看着亮玥的膝盖。

"没事，就破了一点皮。同学不懂得处理伤口，给我涂了一大片红药水。"

"可惜了，本来你完全能够拿到第一的。怪我没跟你说怎么把握最后的冲刺距离。"

"哪还能怪你啊？要不是你，我连第二名都没有。我得谢谢你才是。"

马白在旁边说："还真应该怪他，他怎么就不早点把你扶起来呢！要是我在旁边，我一定第一时间把你扶起来。你不知道，那个第一名的女生就是他们班的，这就是策略，策略！"

"别听他瞎说，那个是四班的，不是我们五班的。"

"哈哈哈，你们两个好搞笑……"

亮玥的伤确实没有影响到下午的比赛，第四棒依然是她。还好这一次，没有事故，没有悬念，真的拿下了女子组接力赛一等奖。最后也因为这个一等奖，将101班的综合评分拉高了几分，一下子就进入了全校第三名，前面一、二名都是高二的班级。这样的结果，一班的同学都非常满意："明年就是我们称霸全校了。一班，一班，永超二班！"

02

—

[三 人 同 行]

运动会之后，亮玥和马白的关系更加密切，他们发现对方都是开得起玩笑，什么话都能说的人，慢慢也就成了好朋友。

因为马白的关系，凌云有时候也会在晚自习后跟着亮玥一起散步，三个人到小卖部买了零食之后，会在校道上漫无目的地走着。有时候也遇到"苦瓜"主任，可是每一次总会有人编出一些学习问题出来搪塞。"我们在讨论如果改变DNA的某个结构，我们是不是会变异……""我们在讨论赤壁之战的时候曹操是不是真的那么笨……""我们在讨论全球气候变暖是不是谎言……"

"苦瓜"主任有时候也不相信他们真的在讨论学习上的问题，所以在后面悄悄跟着走一段，但发现他们三个人真的能就一个学习问题讨论不休。再说了，三个人在一起，又不能说是早恋，"苦瓜"主任后来再看到他们三个，直接选择忽视不理。三个人更是乐得每天都利用好晚自习后这段时间，一来是散步锻炼身体，二来是在天南地北的闲聊中开阔自己的眼界。

有一天晚上，马白因为家里来了电话，所以不能跟着亮玥和凌云一起去散步。马白已经接通了电话，暗示了凌云一下就跑开了，可是凌云站在亮玥自习室门口不知所措。这是第一次没有马白在旁边的散步，到底应该怎么做？去还是不去？凌云脑子空白，想不出什么。

亮玥第一次看到凌云着急的脸，笑着说："走吧，别理他，我也恰好有些话想跟你说。"

凌云点了点头："嗯嗯。"

平时三个人一起走的时候，马白都是话题制造者。这一晚，马白不在，亮玥也觉得有些尴尬。不过既然是自己主动约凌云的，那也得找些话题开口。

"今晚的……"

"马白不知道……"

两个人同时开口，什么都没听到，什么也没说出来，又停了下来。

"哈哈哈，有点尴尬。"

"是的，哈哈。"

亮玥鼓起了勇气，决定单刀直入："其实，我今天是有些话想跟你说的。"

"嗯？"

"我想跟你说，对不起。不过这也是为了我自己，因为是我私底下恨了你三年。"

"我也想跟你道歉，我也对你生了足足三年的气。"

"奇怪了，你气我干吗？"

"我也很奇怪，我为什么会生你气。可能那时候想跟你道歉，却找不到你，后来气没地方出，只能都怪在你身上。毕竟那时候你已经离开，如果我怪身边的人，可能我会过得更糟糕。"

亮玥像发现了新事物一样："你真直接，不过你的脑回路也是很奇怪，怪不得跟马白能当朋友。"

"之前，马白也把你的事告诉我，并且跟我分析了很多。我们两个人都没错，当然我会为我那次没把握好力度道歉，但是后面发生的事真的不是我们能控制的。我找了很久制作那个恶搞视频的人，一直都没找到，如果找到，我就可以对他生气了。"

"嗯，后面的事真的出乎所有人意料。其实我觉得，包括那个视频制造者，也没想到视频会传播得那么广。第一个转发的人，也肯定不会想到会传得整个学校都是。我是这么看的，他们并不都是有心要做出这样的事，这件事对他们完全没有好处。只是像滚雪球一样，越滚越大，他们深陷其中也没法出来。包括学校的校长、老师，他们也没法处理好那么大一个雪球。"

凌云点了点头："我能理解你的观点。"

"但是，不得不说，我们那时候的校长和老师实在太差劲了，特别是对待你的那件事上。他们始终觉得是你的错，只要处理了你，视频和谣言的传播就会终止。"

"我后来转学，真的终止了。那些学生没再看到当事人，他们也不再表现得那么感兴趣了。"

"嗯，网络真的很奇妙，一段时间之后，热度就会慢慢降低，最后又消失无踪。可是对于我们两个当事人来说，却影响深刻。我不知道你经历过什么，但是至少我有段时间很痛恨自己，如果当时走不出来，现在你可能也见不到我。"

"我觉得你真的改变了很多，你的性格好像整个转变了一样。在一中这里跟你接触后，我已经很吃惊。我自己并没有太多的改变，如果要说的话，就是喜欢上了看书，学会了随遇而安，没有以前那么鲁莽。"

"哈哈，那其实也改变了不少啊！"

"你们在聊什么啊！是不是又在说我的坏话？"马白在后面悄悄地跟上，拍了拍两个人的肩膀。

亮玥笑着说："别那么小气嘛！我们刚刚在说你改变了不少，以前没这么小气，现在越来越小心眼，老是担心我们背后说你坏话。你是不是做了什么亏心事啊？"

"是的，他现在的亏心事做太多，晚上做梦说梦话都在说'别打我''别杀我'什么的。"

马白用手箍着凌云的脖子："真没看错你们啊，在一起混多了，现在说话都是满嘴的胡说八道。"

"还不是跟你学的啊！"

"苦瓜"主任在前面迎面而来："喂喂喂，又是你们三个。宿舍都快关灯了，你们还在这里打闹。你们说，今晚又在讨论什么学习问题啊？！"

"人生！"亮玥带头跑回了宿舍。

03

—

[期 末 考 试]

高一的期末考试就要来了，这对于高一全体学生来说，都是一个危机。江南一中虽然没有明文规定，但是暗地里都在传说着一种很奇怪的设定：每一年，都会根据期末的最终成绩，将班级的整体排名重新排序，根据顺序分配不同资质的老师。

"最近学校在谣传的那种分配方式你们最好就不要相信，一来你们是高一，高二会根据你们的选择分班这是不变的。二来那样分配你们不觉得会混乱吗？假设高二读一班，难道高三会让你们全部变成五班？学校没那么笨去制造这种低级的混乱。如果你们真的想要有好的老师，我告诉你们最简单的方法：考进年级前四十名，这样子无论你们选择了文科还是理科，都会被分在前面第一个班。所以加油吧！"

小柯的一番话虽然让大家都不再相信谣言，可是这次期末考试的重要程度又被无形中提升了一个档次。

有些人觉得这次考试比高考还紧张，虽然他们也还没经历过高考。"不是说只要在一中保持前四十名，就相当于半只脚踏进了清华、北大吗？你说这次期末考试重不重要？该不该紧张？"

亮玥也被班里的气氛感染到了，虽然一直以来都在班里的前三名，可是后面的人都虎视眈眈，还有其他班级的排名也不清楚，真不知道自己是不是还能保持在全级前五。最近两个周末最好都留在学校复习，家里花洒的实验就缓一缓吧。

"亮玥，周末去不去图书馆？我跟凌云商量着这两周的周末都留在学校，抓紧时间复习。"

"去啊，肯定去。我可不能眼睁睁看着你又抢走我的第一名。"

"行啊，看看这次谁能领先。那就定周六早上8点半，图书馆等。"

"好的。"

亮玥没想到凌云也会一起到图书馆自习，因为印象中体育特长生基本上都不在意考试成绩。

在图书馆见了面，马白提议说制订考前计划：特效补习弱科，通过疯狂做题，巩固知识点。

马白先说了："我的弱项是文科，虽然高二我会选择理科，但是文科成绩不能太差。所以这一次我会恶补语文跟英语。"

亮玥则说："我的各个科目都比较均匀，但是理科有些知识点我没掌握好，我会把数学、物理、化学三科再恶补一次。"

两个人看着凌云，凌云却迟迟说不出口，等了一会儿才说："我跟你们的情况不一样。我没法补弱，我只能提强。这么多科目我只有语文成绩过得去，其他都不行，所以我会通过提高语文成绩来达到目的。"

亮玥看着凌云："看不出啊，我以为你也是理科比较好。"

马白在旁边插嘴："他经历过初中的事之后，每天就看书，最爱看小说。看着看着，语文成绩居然也就提高了，每次都比我考得好，真是气死人！"

"是啊，可能那时候就是受你影响，所以才喜欢上看书。"凌云对亮玥解释。

"怪不得你那时候说只是为了文学。"亮玥小声嘀咕着。

"啊？什么？"凌云听不清楚，问了一次。

"我说，要不下学期把你拉入文学社吧，我们文学社缺个男生。李哲已经明确说他下学期就要安心学习，不再参与文学社的事务了。"

"好啊。虽然我也不知道加入文学社能做什么。"

"放心，加入了肯定有事情让你干。"

周六复习完，三个人相约第二天8点半继续在图书馆等待。然而，周日的早上却下起了瓢泼大雨。

乌黑的天，让人以为还在夜晚，电闪雷鸣不断，豆大的雨滴不断地下着，校道上都开始积水了，让人一看就没有外出的勇气。

亮玥心中想着，那两个男生应该也没有那么勤奋，这种天气还跑到图书馆学习。于是又跑回床上，想睡个回笼觉。香琳也没回家，她看着亮玥下床又上床，迷迷糊糊地说："没错，这种天气就是睡懒觉的天气。"

亮玥醒来那时候忘记将手机的静音模式关掉，其实里面已经有好几个凌云打来的电话。等亮玥再次醒过来，她才发现凌云的电话。这个时候已经是10：30，外面的雨变成了毛毛细雨。

亮玥看了看微信，原来马白也没有去图书馆，截图了凌云的聊天记录，显示出他被凌云骂了好一顿。亮玥决定还是不打回电话，免得撞到气头上，也被骂。她发微信给马白：下午一起去负荆请罪。

凌云出乎意料没有说什么，他还是很认真地看他的语文书。直到离开图书馆，凌云才说了这么一个故事：

很久很久以前，有这么一个人。他跟他的朋友约好中午1点钟在江边见面。中午12点半的时候开始下雨，他没有想那么多，拿起雨伞就往江边走过去，他预留了十五分钟等他的朋友。可是雨越下越大，狂风暴雨的，等到了12：45，朋友也还没到。有人劝他说快回家，他朋友这么大雨是不会来的，而且江水这么急，很可能会决堤。可是他说："我答应了朋友，1点钟要在这里等他，我不能失信于人。"等到了12：55，朋友还是没到，可是却真的决堤了。他便爬到了旁边一棵树上，一直等待着。等到了雨停，等到了洪水退去，终于等来了他的朋友。

"你们听完这个故事有什么感想？我当时第一次听，我学会了一个字：信。之后，我答应别人的事，我都会做到，不能做到的，我就不答应别人。"

马白在旁边忍了很久才说："我不能说这个人傻，但是每个人都会有求生的意识。我觉得我做不到这样，在危急关头为了等朋友拿自己的生命出来冒险，所以我也不会说这个人崇高。"

亮玥没有说话，她静静地听着两个男生争论，她第一次对身边这两个男生有个明确的认识：凌云感性，一诺千金；马白理性，擅长分析问题。

两个星期之后，期末考试结束了。因为高一面临着分班，所以全校的老师都来支援改卷子，一个星期后，考试成绩就出来了。

亮玥成绩全级排名第一，马白排名第三，凌云排第一百多名。然后，学生们就带着一张表回家，跟父母商量着高二文科、理科的抉择。

这个抉择并没有那么难，亮玥心中早有自己的选择，而且她觉得爸爸妈妈并不会干涉。自小自己就喜欢文学，理科成绩并不优秀，只是后来学习更加勤奋，将理科成绩提升上来，再加上马白的学习方式，这一次才让理科成绩趋于优秀，保住了第一名的位置。如果真的要为未来做个选择，亮玥会更喜欢文字的生活而非数字、公式。

亮玥把志愿表交给了小柯，小柯给了她最后一次机会，因为按照一中历年纪录，从来没有年级第一名的选择文科。

"亮玥，你确定你要选择文科？"

"是的，我很确定。"

"你跟你爸爸妈妈商量过没有。"

"跟他们说过，他们的意思就是尊重我的决定，只要是我真心喜欢的就可以。他们不认为一定要选择理科，每一行业只要专心致志去工作，一样能够取得成就。"

"班长啊班长，我真为你感到高兴，你有这样的爸爸妈妈。"

同样的话，亮玥又在晚上听了一次。在校道上，凌云、马白听了亮玥的选择后，羡慕了好一阵亮玥的自由。

"自由吗？"亮玥想起了刚看过的一本书，"我刚看完一本书，书里是这么说的。黑格尔认为世界上所有的事都可以问一个'为什么'，比如石头为什么在这条路上，为什么我会出生在这样一个家庭，地球为什么是自西向东自转。马白，或许你能用牛顿力学等原理来解释。但是黑格尔认为产生这些的不只是牛顿力学，而是其他东西，并且所有问题的答案还是同一个。那就是宇宙精神世界的自然发展的必然。

"为什么说这些呢？因为从黑格尔这种宇宙观推出来，其实我也是必然存在的。应该会有一个全知全能的'人'预见我的所有行为，这个'人'了解所有的事实，还能够支配事实的一切规律。我的人生被这个'人'一眼看穿，我的过去、现在、未来其实都已经决定了。那么说现在这种自由还能算真正的自由吗？

"不能吧？我们怎么说都不是自由的。我只是规则里的一种结果，我只能按照这种规则完成我的人生。我爸妈放任我自己去选择，说不定就是规则里要求他们放开，也要求我选择了文科。这一切，都是宇宙里一个元素罢了。

"所以你们所说的自由，不过是规则下的自由。就像我知道了太阳东起西落，可是我要怎么去改变这种规则？我知道一乘以二等于二这个规则，但是我怎么让一乘以二等于三呢？这种自由其实也挺可悲！"

凌云在旁边听着，努力跟上亮玥的脚步，等到她说完"可悲"二字，他才接口："你什么时候变得如此悲观？不像你啊！如果你没看过那本书，你会觉得你不是自由的吗？"

马白也忍不住说了："其实你也没有证据说你所做的一切就是注定的，你没法找到证据。就算你穿越时空再回头看你所做的事，你能保证穿越时空后看到的还是现在的你吗？你在人生路上决定做某件事，其实就像薛定谔的猫一样，你不去打开盖子根本不知道里面的猫是死是活，你不去做也不知道你的人生正在往哪里走。"

"哈哈哈，突然发现你们两个说的都好有道理，就像哲学家一样啊！"

亮玥想了一下，对于她自己来说，或许自由就是现在想到什么就能说什么。

04

—

[**自 由 的 限 制**]

亮玥对自由有自己的想法，对限制也有自己的想法，但是具体到日常生活中，她的经验基本上都来源于自己的人生。

相对于很多的孩子来说，亮玥从父母处获得的自由权限是比较大的。小的时候，亮玥想要什么玩具，父母都会在一定程度上满足她，除非那件玩具有危险性；稍大一些，看什么书，父母都会支持，只是会尽可能去引导她对书本进行理解；等到小学，很多事情父母都交由亮玥自己去判断、选择，但会在旁边提出意见；直到高中选班，父母也是尊重亮玥自己的选择。

这样的培养方式，让亮玥基本上能够独立思考、选择，所以她对事物的处理、选择都有自己的一套方式，也知道不同事情的先后排位。

当李哲跟亮玥提出要退文学社的时候，亮玥有些吃惊，因为文学社现在发展得还不错，很多都是靠李哲的帮忙。而且亮玥在文学社经常看到李哲笑，那种笑是发自内心的，在班里学习上很少看到。

"我妈不同意我参加文学社了，因为这次期末考试成绩并不是很理想，高二是重要的一年，我须要将更多的时间和精力放到学习上面。"

亮玥想起了接手文学社时候，林师兄口中那些为了学习放弃文学社的前辈。当时她心里是在笑那些人傻，她不理解为什么会有那样的学生。就算真的须要用更多的时间去学习，难道不是高三的事？

"可是，你不是因为喜欢文学才加入文学社的吗？真的要放弃？"亮玥追问着李哲。

"我也不是放弃，只是暂时放下而已。考完高考，进了大学，依然可以继续喜欢文学。我也不想因为自己的喜好而考砸，让我妈伤心。"

"好吧，那我也只能尊重你的决定。不过，你最好跟其他成员都说一下，就当是告别。"

李哲走了几步又回来，他说："对了，化学小组我也要退出。"

"哦？化学小组？是哦，你不说我都差点忘了，我们还有个课题没完结。但是，化学小组不也是学习的一种形式吗？"

"可是我的化学成绩我有信心，我不须要再花更多时间在这一科目上面。"

"明白了……"

亮玥最后三个字，已经小声得几乎没法让人听到了。她的心情低落极了，并不只是因为李哲退出文学社、化学小组，更是因为她第一次感受到两年后的高考，对人的影响竟然这么大。为了最后那个成绩，有些人从高二就须要放弃自己的兴趣、爱好，有些人甚至是因为不想让父母伤心，所以选择了"学习"。

李哲退出后，亮玥将消息告诉了赵雨和马白。

马白挠着自己的头，很不好意思地说："亮玥，不好意思，我也想退出。本来以为大家都忘了，所以没提起。接下去，我们校队有联赛要准备，我应该没时间参加小组活动了。"

"啊！你们一个个都这么狠心。"

"亮玥，我也想说，我也要退出……"

亮玥制止了赵雨："你不用说，我知道的。李哲都退出了，难道你还不退吗？我还不够了解你吗？"亮玥转换了一下心情，"不过，这个课题我一定要继续下去，我实在受不了洗完澡皮肤干燥那种感觉啊！"

赵雨在旁边说："好的，我完全支持你，等你研究出来，一定要跟我分享！"

Chapter 11

第十一章　暑假

如今，考完了试，准备放暑假，同学们都在收拾行李，期待着第二天离校回家。香琳和赵雨约亮玥跑完步一起吃晚餐，亮玥跑了两圈就停下来往宿舍走。虽然被操场上的风吹着很舒服，但还是要快点回去洗澡吃饭。

OI

—

[晚 餐]

亮玥自运动会后，又恢复了跑步的习惯，只要下课后没有其他安排，都会到操场跑三四圈。初中那时候，亮玥可是坚持每天跑步的，跑完就回家冲凉吃饭。

如今，考完了试，准备放暑假，同学们都在收拾行李，期待着第二天离校回家。香琳和赵雨约亮玥跑完步一起吃晚餐，亮玥跑了两圈就停下来往宿舍走。虽然被操场上的风吹着很舒服，但还是要快点回去洗澡吃饭。

"你们等我一下，很快搞定的。" 亮玥从宿舍的柜子里拿出衣服之后，对宿舍另外两人说，"幸好明天就可以回家，好怀念家里的浴室啊！"

"是啊，至少洗澡不用排队，洗完澡皮肤也没那么不舒服。"香琳突然放下手中的书，好像想起什么，"张老太不是让你们去研究为什么会出现这种情况吗？结果怎么样啊！"

"这个暑假，我答应你们，这个暑假我一定研究出来！"

亮玥洗完澡，仔细擦了润肤乳之后才敢下楼。

"等等，我装壶水。"

"快点啦，迟点又没菜了，最重要的是没番茄炒蛋啦！"

"可以了，可以了。"亮玥按了按饮水机的键，没反应，"这饮水机又坏了，不是之前才修过吗？"

"又坏啦？那你直接把后面的软管拔出来装吧。"

"尽出馊主意，我到饭堂再装好了。"

亮玥到了饭堂，打完菜马上去饮水机装水。饮水机在洗手池旁边，因为宿舍都有饮水机，一般晚上的饭堂只有住宿生，所以很少会有人使用。

亮玥装完水，留意到饮水机后面有一根水管，跟洗手池的水管分开，不知道通到哪里去。很多人家在家里煮饮用水，或者洗手洗澡，用的都是同样的自来水，除了水龙头不同，总的进水水管都是同一条，根本不须要分开。所以，饭堂洗手池跟饮水机的水管分开，也就意味着两种水来自不同的水源。排除掉水压问题，那么剩下可以考虑的因素就是：水质。

小柯曾经催缴过宿舍饮水机的钱："安装费是学校出的，但是饮用水的过滤每年都要钱，这一些就需要你们住宿舍的人交钱。交的是过滤水费，回家记得跟父母说清楚。"这么一回忆，水质的问题就对得上，学校饮用水都是用的过滤水。

吃完饭后，亮玥让香琳她们先回宿舍，自己则跑进厨房找厨房的老板。厨房老板人称老黄，亮玥叫他黄老。之前亮玥经常周末没回家，到了饭堂只能点一些炒饭之类的。而饭堂因为周末人不多，所以只有老板留下来。亮玥经常吃老板亲自下厨做的炒饭，慢慢地两人就熟识了。亮玥经常给黄老提意见，让他改进厨艺。

"小于，明天回家了吧？"

"是啊，黄老。我过来是想请教一个问题，外面洗手池跟饮水机的水是不是不一样的？"

"当然不一样，一个用来洗手，一个用来喝。"

"我是问水源是不是不一样。"

"是啊，洗手池的水我不用交钱，饮水机我每年要交几百块，学校说是用来过滤水的。"黄老打量着亮玥，"怎么，小厨师，你不是想着改进饮水机的水质吧？"

"这水喝起来都差不多，我觉得没啥改进啦。"

"哈，这你就不懂啦，我教你吧！水质不一样，喝起来也会不一样，而且煮水的器具会因为水质差生出水垢。我们学校这边的水质在全市来说算差的，所以饮用水一定要过滤，我们厨房做饭、炒菜的水用的也是过滤水。"

"是的，之前我们化学课有学过这个。不过我口笨，喝水实在尝不出不同味道。"

O2

———

[解 疑]

亮玥坚信暑假能够找到解决洗完澡头发干涩、皮肤干燥的方法，很大的原因来自于对爸爸的信任。爸爸大学是地理学系，依稀听他说过主修水文学。只是当了两年科学家后，因为家庭入不敷出，投身商海创业。初中那一次搬家，其实爸爸就是放弃了自己一手创立起来的小公司，进入了一个上市公司当CEO。不过，水的问题，问他总不会错。

回到家后，亮玥马上向爸爸提问题。

"老爸，问你个问题。水质对人会有什么影响？喝进体内有什么影响？洗澡对皮肤有什么影响？不同地方的水质又有什么不同？如何解决这种水质问题？"

"你这已经不止一个问题了吧！"

"连在一起就是一个问题啊。"

"这些问题，你们化学课不是会学到吗？我不会把答案告诉你的，自己找去。需要书的话，我那里有《水文地质学基础》《水的答案知多少》。"

"其实，我也知道一些答案，我换种问答方式吧，你回答是不是就好。"亮玥又提问了，"解决水质的问题，用来饮用、洗澡，是不是只能靠净水机？"

"是的，目前这个方法最有效。"

"那饮用水跟洗澡的水过滤的方式不一样吧？"

"是的，你可以去观察一下。家里的饮用水装的是净水器，洗澡那些自来水则是用了软水机。"

"那学校浴室是不是可以装软水机来解决水质问题？"

"是的。"

亮玥欣喜若狂地在聊天群里对香琳和赵雨宣布："我找到了洗完澡干燥的原因了！我是指在学校里面特别干燥，皮肤不舒服。这都是因为我们学校的水质太差！"

"啊？那怎么办？"

"让学校装软水机就能解决一下。我爸说估计不会很贵，一个浴室几万块钱，每年再交一点滤芯置换费。大家平摊下来应该几百块钱，不算很多。"

香琳听到了要交钱，回复说："又要交钱？饮水机都交了钱。洗个澡而已，不用在意那么多吧？"

钱在每个人的心里都有不同的地位。比如在亮玥心里，亮玥觉得钱就是用来花的，不用在意钱多钱少。这很大一部分是因为亮玥的家庭比较富裕，不会在意太多钱这方面的事；而在香琳眼里，钱可能是用来养家、救命的，并不能想花就花，得花在能够维持生活的地方。这是因为香琳家里贫穷，她须要考虑到家里的情况。

亮玥第一次意识到这点，虽然她知道香琳家庭情况有困难，但是她没有意识到，可能很多人都有这种困难。自己生长在一个富裕的家庭，爸爸妈妈一直以来都对她有严格的要求，但是有需要的东西都不会因为钱而不舍得买。可是香琳，她因为生长在一个贫困的家庭，她也同样受到洗澡的困扰，可是当听到需要钱的时候，她宁愿自己受苦，也不想问家里拿钱。这个时候她心里是不是也因为没钱觉得很痛苦？将这个角度推及整个楼层，到底会有多少个香琳？自己不可能将所有的钱都交上，可是却要求学校装上软水机，学校肯定会向每个学生收钱，到时候会有多少个香琳受到伤害？

一连串的反问，亮玥第一次意识到自己的幼稚，如果能够多点站在别人的角度考虑问题，这一次就不会让香琳感到为难。可能，也不会恨凌云三年之久。

亮玥便没再提议过装软水机，可是她并不甘心，她坚信只要找出了原因，总有办法解决。软水机太贵，那就找到便宜的替代品。

03

[实 验]

"爸爸，其实净水器是怎么过滤的？"

"很简单，你去拆开来看看就知道。"

"拆开来？我怕被妈妈打死。而且拆坏了怎么办？"

"怕什么，我帮你顶住。拆坏了就换一个，反正这个都用了很久。"

亮玥就把厨房的净水器拆了下来，一个个部件拆，一个个零件摆好，生怕自己一会儿不懂得怎么装回去。

拆开后，亮玥看到了里面众多的零件，包括了活性炭、棉网、膜等。爸爸又把零件的作用一个个讲解，最后那个膜叫作"反渗透膜"，很重要，能截留大于0.0001微米的物质，是最精细的一种膜分离产品，能过滤掉所有的有害物质及矿物质，同时允许水分子通过。

"对了，净水器跟软水机内部结构不一样。饮用水用净水器可以，洗澡用水用净水器就有点奢侈了。"

亮玥往阳台走去，一边走一边说："那我是不是也得把软水机拆一次？"

"不不不，软水机就不用了。"

"为什么啊？"

"我让你拆净水器，只是我懒得换滤网，想让你拆开顺便换上去……"

亮玥给了爸爸一个白眼，恶狠狠地说："你再说一遍！"

"不不不，我的意思是，软水机的原理我能跟你讲清楚，不用拆。"

其实，软水机就是将硬水软化的装置。

硬水软化，最简单的方法就是煮沸。家庭中最常用的就是煮沸，而实验室中，多是采用离子交换法，另外还有一些其他方法，比如下面这些。

1. 沉淀法：用石灰、纯碱处理，使水中 Ca^{2+}、Mg^{2+} 生成沉淀析出，过滤后即得软水，其中的锰、铁等离子也可除去。

2. 使用软水剂法：

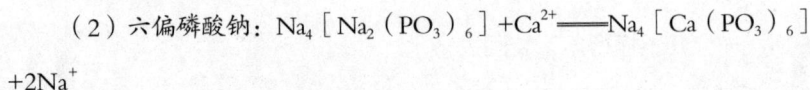

（1）磷酸钠：$3CaSO_4+2Na_3PO_4 \!=\!=\!= Ca_3(PO_4)_2 \downarrow +3Na_2SO_4$

（2）六偏磷酸钠：$Na_4[Na_2(PO_3)_6]+Ca^{2+} \!=\!=\!= Na_4[Ca(PO_3)_6]+2Na^+$

（3）乙二胺四乙酸（EDTA）：与 Ca^{2+}、Fe^{2+}、Cu^{2+} 等离子生成螯合物。

3.离子交换法：

（1）原理：用无机物或者有机物组成一混合凝胶，形成含有两层不同电荷的双电层的交换剂核，水通过后可发生离子交换。

阳离子交换剂：含 H^+、Na^+ 固体与 Ca^{2+}、Mg^{2+} 离子交换。

阴离子交换剂：含碱性基团，能与水中阴离子交换。

（2）常用交换剂：

a. 泡沸石：水化硅酸钠铝

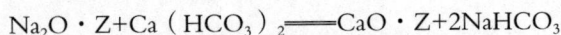

$Na_2O \cdot Z+Ca(HCO_3)_2 \!=\!=\!= CaO \cdot Z+2NaHCO_3$

$Na_2O \cdot Z+CaSO_4 \!=\!=\!= CaO \cdot Z+Na_2SO_4$

b. 磺化煤：

$2Na（K）+CaSO_4 {=\!=\!=} Ca（K）_2+Na_2SO_4$

$2H（K）+CaSO_4 {=\!=\!=} Ca（K）_2+H_2SO_4$

具体到家用的软水机，确实又跟净水器不一样，软水机是通过树脂上的功能离子与水中的钙、镁离子进行交换，从而吸附水中多余的钙、镁离子，达到去除水垢（碳酸钙或碳酸镁）的目的。

"爸爸，为什么没有人把市场对准学校？把这些软水机缩小，能够随身携带就行了。需要的学生就买，不需要的也可以不买。"

"不可能每次洗澡都随身携带的吧？那样多麻烦，而且你还要跟水管接上，难道你还要随身携带着钳子之类的工具？"爸爸停顿了一下，"依我说，应该研制出有同样效果的水管，成本低，能够满足学校要求就可以。"

"我看不行，总入水管流量那么大，做出过滤水管的成本肯定降不下来。只能满足流量小的，就得每根花洒配套一根水管，成本还是降不下来。"

亮玥把软水机的零件一件件用手机拍了下来，还在纸上详细地记录下名称和作用。写着写着，她突然觉得有个办法可行："花洒！没错，只要动花洒这部分就行。能够满足日常沐浴，过滤程度就不需要软水机那么高，这样的成本可以降下来。"

"我觉得也可以。我有个朋友开五金厂的，要不你设计一个花洒出来，我让他做一个给你带回学校试试。"

小时候的亮玥也羡慕男孩子玩各种机器人，她觉得自己手笨，只会破坏不会组装，所以不敢要求父母买这种类型的玩具。而现在，她须要设计一个花洒，那种感觉就像是要为自己量身定制一款"容易组装，不会被破坏"的玩具一样，满足感油然而生。

"嗯，我马上去画图。"

材料的选择很简单，只要依照软水机的配置依葫芦画瓢就行。可是问题在于，这些材料要如何筛选、要如何定尺寸。

爸爸告诉亮玥："很简单，试错法。爱迪生发明电灯泡的故事你们以前语文书上不是学过吗？"

"爱迪生那不叫发明，灯泡早就发明了，他只是改进！"

"好好好，改进，改进。我只是想告诉你，你想研制出某种东西，如果没有前人的经验可以参考，那你就可以通过试错法去选择材料。一种方案一种方案地做实验，不断积累经验，不断改进，总会找到合适的材料。材料这部分我包了，你自己只要负责做好实验就行。"

"谢谢爸爸！！"

第二天，爸爸真的按照软水机的配置买回来很多的材料。亮玥就在厨房做起了实验，一种材料一种材料地搭配试验。

"孩子妈，你看，女儿是不是越来越有我年轻的样子了？做起实验那种专注，还有探究的欲望。"

"其实这样也不错，走上科研的道路。最怕就像你半途而废，又做其他事。"

"还不是为了这个家。而且这样也没什么不好啊，我希望她不受任何限制，想做什么就做什么，只要用心、尽力去做就行。在哪里都能发光发热，不需要一定在科研方面有成就。"

04

［ 专 利 ］

亮玥拿着一张纸，神神秘秘地敲开爸爸的书房。

"噔噔噔……"亮玥把纸慢慢展开，"看到没，我的设计方案完成了！"

"来，爸爸先帮你把关把关。"爸爸把设计图纸展开，笑着说，"不知道成品如何，但你现在的美术功课进步很大噢，以前只会鬼画符，现在都能直接画鬼啦！"

"你又取笑我，反正能看明白就可以啦！快让你朋友帮我做一个出来，我要做最终的实验。"

"行行行，不过你要先跟我讲解一下，不然我朋友怕也看不懂这是什么鬼。哈哈哈！"

"这种花洒我准备叫它'维C花洒'。这种花洒包含喷头和与喷头连接的手柄，在手柄内置有其上开有释放孔的维生素C贮放仓。释放孔开在维生素C贮放仓的顶部，在喷头和手柄之间连接有开关体，开关体内设置有用于驱动维生素C贮放仓的开闭机构、含有开关按钮的维生素C释放开关机构。在手柄内还置有两端为进、出水网孔的电气石陶瓷珠贮放仓。

"其原理就在于，我利用了石灰软水法和维生素C。

"先向硬水中加入石灰,再加入纯碱,充分搅拌静置后过滤即可。"其基本原理是：

先向硬水中加入石灰乳 $[Ca(OH)_2]$：

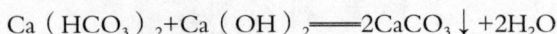

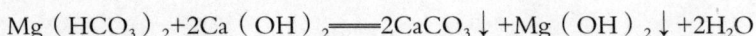

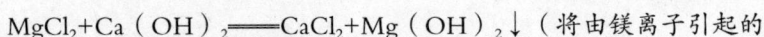

$$Ca(HCO_3)_2+Ca(OH)_2 =\!=\!= 2CaCO_3\downarrow+2H_2O$$

$$Mg(HCO_3)_2+2Ca(OH)_2 =\!=\!= 2CaCO_3\downarrow+Mg(OH)_2\downarrow+2H_2O$$

$$MgCl_2+Ca(OH)_2 =\!=\!= CaCl_2+Mg(OH)_2\downarrow$$ （将由镁离子引起的硬度转化为由钙离子形成的硬度）

再加入纯碱（Na_2CO_3），以除去过量的氢氧化钙以及造成永久硬度的钙离子。

$$Ca(OH)_2+Na_2CO_3 =\!=\!= CaCO_3\downarrow+2NaOH$$

$$CaCl_2+Na_2CO_3 =\!=\!= CaCO_3\downarrow+2NaCl$$

维生素C则是利用了其还原性，能够跟氯气反应达到除去氯气的目的。

"这样的设计就能够达到净水功能。我还在网上搜索过，好像没人卖这种类型的花洒。我在想，既然这样，要不我就直接申请个专利？"

"好呀，女儿，没想到你都走到这步了。我们那一代就是吃了没专利的亏，很多东西都被人盗版。你去准备材料，我让朋友那边做出来后我们再实验一次，成功了就申请专利。你们现在的小孩啊，思想就是快人一步。"

一个星期后的周五晚上，亮玥回到家里，妈妈开始跟她抱怨。

"拆什么净水器啊，现在净水器好像被你搞坏了，过滤出来的水味道怪怪的。"

"都是爸爸，爸爸让我拆的，有事找他，他说坏了他负责换新的。"

客厅的门开了，爸爸在外面喊着："怎么了，还没进门就拼命打喷嚏，是不是有人在说我坏话啊？"

"是啊，你女儿说你要为净水器负责，现在净水器坏啦！"

爸爸进门后，从包里搜索着什么，直到拿出一个花洒："区区一个净水器算什么，改天让你女儿帮你研发一个。你看看，这就是她研发的过滤型花洒！"

亮玥跑过去，抢过花洒，温柔地抚摸着，就像对待珍宝一样。说珍宝其实比喻不充分，这个花洒是她设计出来"孩子"，是无价之宝。

"还有，我问过我朋友了，现在市面上确实没有这种花洒卖，女儿，你快点去申请专利。"爸爸还说，"实验部分我也帮你解决了，朋友工厂刚好有仪器，做出来后我就让他们直接试了一下水质。虽然不如真正的过滤器，但是能够满足沐浴的水质要求。"

"想不到啊亮玥，你比你爸爸还厉害。当年他做了那么多年科研，没有拿到一个专利，你居然用了几个月就拿下来。不错，不错，比你爸爸有前途。"

亮玥标志性的红脸又出来了，她害羞地说："专利的申请材料我还没提交呢，都还没批下来，不知道怎么样。"

"放心啦，放心啦，你这个专利是跑不了的。"

当晚，亮玥按照爸爸朋友画的图重新在电脑上画出了一张标准的图，又仔细地拍了成品维C花洒的图片存入电脑，然后认认真真地完成了专利说明书、申请书，郑重地提交给国家知识产权局。

12

第十二章 联赛

高一的分班不像六年级和初三，并不是从此可能不再相见，所以班里的同学并没有非常依依不舍，只有零星两三个女孩对自己的同桌流泪。

Youth

OI

—

[分 班]

高一的分班不像六年级和初三，并不是从此可能不再相见，所以班里的同学并没有非常依依不舍，只有零星两三个女孩对自己的同桌流泪。

香琳就是其中一个，亮玥也没想到最终香琳居然选择了理科，据香琳说，是家里的安排。如果不是，香琳和赵雨的成绩相近，一定又能分在同一个班。不过两人的宿舍并没有分开，所以亮玥猜测香琳还是为了家里给她做的安排后悔。

小柯在班会上对各个同学做出了安排，然后跟大家告别。亮玥成绩全级排名第一，按照一中的做法，分在文科班的第一个班。班里也有几个女同学报了文科，都被分在同一个班，包括赵雨和邱琪。而所有的男生都选择了理科班，根据成绩排名被安排到不同班级。马白被安排到204班，可见一中的文科班只有可怜的三个班。

亮玥上台跟大家道别，激励大家在高二继续努力之后，也下台收拾书包，跟同一个班级的同学一起走到了201班。

在201班，亮玥看到了几个熟面孔，都是从101班来的。然而，她还看到了凌云。

"凌云，你也在一班！"

"是啊，老师解释说我是体育生里面成绩较为优秀的，而且又选择了文科，所以就这样混进来了。"

"好啊，好啊，以后就是同班同学了。"

"马白去了哪个班？"

"他去了四班，下课后我们可以去找他。"

O2

——

[忙 碌 的 高 二]

一中有个很奇怪的现象，很多学生到了高二便选择退出社团，不担任一切职务，为的就是更好地学习。

马白当上校足球队的队长之后，他才意识到，原来亮玥的文学社并不是孤例。师兄到了高三就完全退出社团，如果不是教练的严格要求，估计高二就有很多人退出。所以当师兄都离开了校队之后，马白就被推举为队长，肩负着校队的重任。

"为什么不是凌云？"亮玥提问。

"他这段时间也不知道怎么回事，每天沉迷于小说，让他当队长，他说浪费时间。本来大家选举出来的也有他，可是他说他退出，只能退而求其次，让我来当队长了。"

"哈哈，真是委屈你啦！"

"每一天，练得最多的就是我，喊得最多的也是我，被教练训得最多的还是我。我突然好羡慕凌云，说不做就不做，乐得清闲。明明我们初中那时候的队长才是最悠闲的那个，时代果然变了。"

凌云和马白已经成了校队中的主力，教练研究了很多的战术体系，都是围绕两个人展开的。凌云是传统的前锋，依靠身体素质和技术射门得分就行，所以战术其实主要还是马白来掌控。马白是中场，进攻、防守都要控制好节奏。马白虽然逻辑思维能力强，但是碰上教练这样一个无法很好表达问题的人，真的有点秀才遇到兵的感觉。反而凌云听得懂教练在说啥，就好像两个运动型的人能够运用肌肉进行交流一样。当马白听得一个头两个大时，凌云就会在旁边充当翻译，不然马白就得准备挨教练骂。

于是，每天马白的工作就是组织训练，听教练讲话，上场比赛，解散队伍，跟个别队员谈心。

"我终于明白为什么之前的队长师兄高二就想退出足球队，这样的生活，我怎么可能接受得了，我怎么可能做两年队长，我要疯了！！"马白每次遇到亮玥，都忍不住抱怨队长生活是那么不人道，可是他也不敢提出退出足球队，因为怕被教练"打死"。

听多了马白的抱怨，亮玥觉得自己很幸福。

班里的班长职位依然还是学生投票，但因为原来101班的同学占少数，所以亮玥并没有再次当上班长，反而邱琪还是当上了副班长。亮玥觉得这也是一件好事，班长只是一种历练，并没必要长期占据着这个职位。所以从班级的角度看，亮玥的高二生活轻松了不少。

文学社方面并不像足球校队，须要每天训练。文学社的活动都是由社里的成员讨论决定的，所以很民主，活动一周只有周一和周三两次。亮玥很多时候到了文学社，都是来发呆的。她就坐在窗边，静静地看着窗外的江面和夕阳。比较苦恼的是有时候要评选社员的作品，作品的质量良莠不齐，有时候看到一些太差的作品会让人觉得很难受。

三个人中最有空的，是凌云。没有职务在身，不用太在意文化课，每天的生活都特别悠闲。

亮玥本来让他加入文学社，是要他顶替李哲的位置，当副社长，可是却遭到了十分坚定的拒绝。"不行的，我不能做，这个职位我做不来。"亮玥只好安排他做干事，让香琳顶替了副社长的职位。至少把凌云留了下来，要不然文学社又缺少男生。

在校队方面，凌云深得教练的喜爱，很多时候都可以不参加训练。因为凌云踢球的方式自成体系，并不用通过训练来加强，与马白的默契又是早就建立，所以不须要经常做配合度的训练。

那么，凌云每天空闲下来的时间都在做什么？马白说他每天训练的时候，还会带一本小说到足球场，一有空闲就看。亮玥也经常看凌云带小说到文学社的活动室，一个人静静地在角落位置看。

所以，三个人之中，最让人羡慕的还是凌云，只是也有人说这是吊儿郎当。

03

[高 中 联 赛]

晚自习后的散步，对于高一的亮玥、凌云、马白来说是一种很放松的活动方式。然而到了高二，这一种活动方式却有些变了味。

有时候，马白会训练到很晚，晚自习后还可能被教练喊去训话，所以不是每天都能一起散步；有时候，亮玥会因为社员的作品点评而苦恼，也不想每天都去散步；有时候，凌云沉浸在小说中的时候，他也不想放下书去散步。

三个人渐渐感觉到来自各人生活的压力，为了避免在喊另外一个人去散步的时候看到一张抗拒的脸，慢慢地，三个人就好像约好的一样，在某天决定不再去晚自习后的散步。当一种令人开心的、愉快的活动方式变成强人所难的时候，放下也是一种解脱。

三个人很少碰面，亮玥会在晚自习前偶尔到操场去看看马白和凌云的训练。

还是那样的夕阳，还是那样的操场，还是那样的人，可是每个人都好像有了些转变。马白变得越来越急躁，凌云变得越来越随意，而自己觉得像陷入了迷茫。

这一天的训练场，亮玥又没见到凌云。

等马白训练完的时候，亮玥问他："怎么又不见凌云？"

"不知道哪里去了，一周训练不到三天，也是教练能够容忍他，不然早就让他退队了。"

"你也别那么激动，看看他现在都在做什么嘛！"

"不就是每天看书咯，也不知道怎么回事，好像连球都不想踢了，最近高中联赛都快开始了。"

"你有没有让他答应你参加高中联赛？"

"你以为我没想到这个方法？他就是死也不肯答应我，还说他就是过来凑人数的，别安排他首发。"

"你先冷静一下，我去活动室看看他是不是又自己一个人在那里看书，我跟他聊聊。"

亮玥了解马白的情况。去年的高中足球联赛，马白和凌云都被选进队伍，但都是替补，只在最后的决赛因为其他队员伤病原因，只能让他们在80分钟的时候上场。马白和凌云竭尽全力，虽然进了一个球，但是没法挽回败局，最终只拿了亚军。在马白的世界里"足球，除了冠军，其他的都没有意义"。所以，这一年马白当上了队长，自然对这次联赛看得很重。更何况前任队长离开的时候，特意吩咐："新的一年，我希望你们能拿下冠军，我会在站台上看着你们的，别让我们这些前辈丢脸。"

亮玥一直以为自己了解凌云，觉得他就是为了足球努力至今的。所以她无法理解为什么凌云最近不想踢球，连曾经让自己饮恨的高中联赛都没法让他再有激情。

亮玥走到了五楼的活动室，这里除了平时文学社有活动，不然都不会有人走到这里。平时静悄悄，此刻也一样静悄悄。亮玥隔着木门倾听活动室里面的声音，没有任何一点声音，打开门，也没有看到有人。关上了门，自己一个人走回宿舍。

高中足球联赛在一个星期后开始，江南一中被分在C组，打了四场小组比赛，全胜出线。凌云参加了其中一场比赛，有一个进球入账。另外三场比赛，马白找不到凌云的人影，只能安排其他人上场，幸好在艰难中取胜。

亮玥是在周二的傍晚，不小心遇到凌云的。

那时候亮玥不知为何，就想去活动室看看夕阳，于是信步走到了活动室。没有停顿，打开了活动室的门，她看到了正准备躲藏的凌云。一时间，她意识到之前过来寻找凌云，凌云也是躲藏起来。

"怎么了？"亮玥问他。

"没有，东西掉了，我准备捡起来。"

"我是问你最近怎么了。"

"没有啊，还是那样。"

亮玥叹了口气，说："要不要谈一谈？"

凌云坐着不动，背靠着椅背，低垂着头不知道在想些什么。

亮玥走到他旁边的桌子坐下："好多次去看你们训练，都看不到你。高中足球联赛最近不是已经开始了吗？"

"嗯，没想去踢。"

"为什么？"

"我发现，人最大的烦恼就是书读得少，想得又太多，可是书读得越多，这个烦恼就越大，问题就会越来越多。"凌云有节奏地敲着桌面。

"别跟我说那些虚的，跟我说实话，到底是怎么了？"亮玥说完有点后悔，她从来没在马白、凌云面前发过脾气，他们总是对她很好。这一次是出于不耐烦还是对凌云的紧张，亮玥一时说不清楚。

"我不知道我的人生意义在哪儿。"

原来，凌云是陷入了这一种哲学家都解答不出来的命题，人生意义。亮玥也在迷茫，她不知道自己应该做什么，接下去应该怎么走。

凌云看亮玥不说话，接着说："踢球，是我爸爸安排的。以前我怕他，所以我踢球；后来我的朋友都是踢球的人，所以我踢球。可是，我不知道接下去我应该怎么做，我也不知道我的能力是不是真的足够进入职业球队。"

亮玥还是没说话，凌云看着她，深深吸了一口气："更重要的是，我喜欢上了一个女孩子，我以后要走的路跟她不一样。"

亮玥显然并没有因为这一句话感到震惊，因为她也在思考着"人生"这个命题："其实我也不知道我接下去应该走哪条路。我选择了文科，是因为我热爱文学，可是如果让我决定未来的路，我想每一条都试一下，我只是因为必须二选一才选择了文科。你呢，我觉得你应该走好眼前的路，明明眼前有一条路，你的好朋友正在等着你去搭救，你却在这里思考人生。还跟我说最重要的是，你的人生跟你喜欢的女孩子不一样，所以你想要放弃。"

凌云不再出声。

"我没有谈恋爱的经验，但是我觉得，不应该因为一个喜欢的人就去改变自己追求的东西。你对自己的人生迷茫，不应该是因为一个女孩，应该是因为你自己的思想。更重要的是，人应该活在当下，把目前的事情做好。你虽然没有答应跟马白踢联赛，但是你在校队，踢球和取胜就是你目前的责任。你应该把眼前的事情做完了，再去思考未来。"

　　高中足球联赛已经进入八强淘汰赛，凌云跟马白说，之后的每一场他都会参加，他会完成高中联赛这个任务的。

　　第一场比赛，凌云凭借两个单刀球，将球队比分锁定在2：0。第二场比赛，一中是客场球队，但最终凌云也收获一个进球，2：1，总比分4：1晋级。亮玥在球场旁边，听到无数人在高呼凌云的名字，啦啦队议论纷纷："一中的双子星正式回归啦！"

　　决赛，江南一中对阵的球队是去年的卫冕冠军——集英高中。去年，就是这支队伍让江南一中饮恨而归，马白暗地里一直跟凌云强调，这一次绝对要报仇。

　　可是到了球场上，凌云被对方防守得死死的，马白也同样被对方限制住。球到了中场便再传不出去，经常被对方截断。防守球员一个失误，就被对方进了一球。被对方打了防守反击，又被进了一球。到了80分钟的时候，教练把凌云换下，换了一个高一的前锋，可是毫无起色，对方依然掌控着节奏。最终，一中再一次0：2输给了集英高中。

　　亮玥这一次在球场边听到的都是咒骂声："那个凌云是怎么了？""几周不踢球，状态已经差到这个地步了吗？""什么双子星，是双哑炮吧！"可是亮玥知道，这一场比赛，凌云跟马白都已经尽力了。

　　马白在比赛结束的那晚，跟亮玥一起散了步。

　　"我知道凌云最后几场比赛都有用心去踢，但是其他队友不知道。"

　　"他们说了什么吗？"

　　"嗯，他们想要凌云退出校队，最后被我压了下来。"

"凌云知道了吗？"

"不知道，踢完比赛他就走了，没跟我们一起。"

"他跟我说现在很迷茫，不知道以后的路应该怎么走。"

马白深深地叹了口气："我们帮帮他吧，头脑简单的他想不了那么严肃的问题。"

"你这个时候不是应该很伤心难过吗？为什么还会想着凌云。"

"因为这么多年的朋友，他真的很有踢球的天分，我不想他放弃。失去这么一个踢球的朋友比失去一座奖杯会更让人难过。"

13

第十三章　大赛前夕

距离诗词大赛还有一周的时间，亮玥已经自动屏蔽了宿舍、班级的所有事，如果可以，她连自己的生活都想屏蔽。她心里想的只有诗词大赛，脑海里浮现的只有「白日依山尽」「落霞与孤鹜齐飞」「执手相看泪眼，竟无语凝噎」这些诗词古文。

Youth

01

——

[报 名 参 赛]

小柯发来了一条信息告诉亮玥，市里面正在举行一个诗词大赛，可以以学校社团的身份参加，如果文学社想要参加，可以让她帮忙报名。

重建文学社的初衷，是因为林师兄说文学社是一个避风港。所以亮玥将文学社接下来后，将名字更名为"避风港"。而社团的核心理念就是让社员在活动室里能够获得一片安宁，也能抒发自己的想法或者情绪，这在像一中这样成绩压力巨大的学校，是很有必要的。亮玥很想社员们在累的时候能够到活动室休息，有压力的时候能够到活动室找人倾诉，有想法的话能够写成诗或者其他作品到活动室跟大家分享。

因为以上种种，亮玥并没有为文学社构思更多的活动，除了每周要上交一篇习作，大家一起评点。每次有新人申请加入社团，亮玥都要不断重申文学社没有很多的活动，更像是心灵的休息地。也总会有一些新人加入后又申请退出，因为他们理想中的社团不是像这样经常安静状态的"避风港"。

小柯的信息让亮玥觉得，不妨一试。活跃一下社团的气氛也好，让大家尝试一下与其他学校的文学社进行接触也好。亮玥与香琳、赵雨商量后，决定报名参加。

"小柯，拜托你帮我们报名。"

"OK！"

小柯第二天便把报名表带给了亮玥，亮玥那时候正在活动室发呆。

"亮玥，在看什么呢？"

"小柯，怎么跑上来了？让我下去拿就可以了啊。"

"顺便过来看看你的，最近怎么样？"

亮玥轻轻叹了口气，又走回窗前坐下："最近感觉心里好像很无助，不知道自己想要什么，有点迷茫。"

"还没适应分科后的学习？还是后悔自己的选择？如果后悔，你现在还是可以申请转到理科班的。"

"也不是后悔，只是觉得不知道自己以后的路应该怎么走。我是选择了文科，但是我也想学习理科的各种知识，不想被高中这样的选择限制。"

"你这孩子，想得真多。我觉得你是因为不像高一那时候有很多事情烦着你，所以你就开始胡思乱想。报名表拿去，现在起，诗词大赛这件事就会烦着你。你只要着眼于跟前的事，就不会想那么多了。"

亮玥接过了报名表，又想起凌云，想起自己曾经跟他说过着眼于现在，做好自己责任内的事情。既然为社团接下了这个比赛，那就要全力以赴。

市里的诗词大赛有自己的规章制度。虽然要求以学校社团的名义参加，但是也限制了上场参加比赛的人数为四人，另外可以让社团的五个成员作为特邀嘉宾，在某些环节可以场外求助，让特邀嘉宾回答问题。

接下来的第一件事，便是筛选出九个人，用成绩的排序选出四个上场的参赛者和五个场外的嘉宾。出试题这件事，亮玥安排给了香琳和赵雨，让她们每人出三十道古诗词的题目。然后亮玥给文学社的社员群发了通知：

各位亲爱的社员，为了让我们"避风港"的船只扬帆起航，驶向大海，我代表社团报名了市里的"诗词大赛"。现在决定本周三举行选拔赛，本次选拔赛需要社员在三十分钟内答六十道题，再从中选择九名成绩优秀的社员参与市里的比赛。希望大家踊跃参与，周三见！

亮玥没有想到，很久没露过面的凌云这一次选拔竟然会出现。亮玥更没有想到，凌云答题成绩只排在自己后面，排名第二。也就是说，凌云也有心参加这一次比赛。

亮玥当晚就找到了马白，高兴地跟他说了这件事："凌云这么做，肯定是因为他也想参加比赛。我以前真不知道他的古诗词功底这么好，就比我少了两分啊！"

"他以前就说过了，因为受你影响所以开始看《诗经》《唐诗三百首》《宋词三百首》这些，三四年的沉淀，是该有点成果。可是，我觉得他参加比赛是为了你……"

"为了我？这是什么理由？"

"你不是说过，他曾经说喜欢上一个女孩。有没有想过，那个女孩是你？"

亮玥没有想过这个问题，从来没想过。她知道初中的自己曾少女怀春，对凌云有好感，不过很快就认识到那只是对异性的好奇和对另外一种性格的好奇。可是她从来没有想过，凌云是否喜欢自己。亮玥收到过十几封情书，有些甚至是不认识的人留给她的，可是她看完之后都没有什么感觉，只是觉得对方的感情很热烈。跟马白或者凌云在一起的时候，她从来没有感受过那种热烈的感情，所以她并没有想过凌云喜欢的到底是谁这个问题。早知道应该问问他，就算是朋友间的关心也很自然。可如果他当时说喜欢的是自己，那应该怎么办？现在连回答马白的问题都回答不了，也一样不知道怎么办。

马白换了一个话题："参加高中联赛，他告诉我那是他的任务。可是这一次他愿意主动报名参赛，证明他已经开始寻找自己的路。我觉得无论这条路到底适不适合他，我们都可以陪他走这一段。"

"嗯，我同意你的看法。"

"亮玥啊，我突然想起一句话：谁的青春不迷茫。"

亮玥跟马白商量了一下，决定约凌云好好谈一次，为了诗词大赛。

"凌云，联赛输了，你觉不觉得丢人？"马白见了面，第一句话就下了狠手。

"不觉得丢人，我只是觉得伤心。"

"可是我觉得很丢人，足球世界除了赢，就是输。输了就是遗憾，就是丢人。"

亮玥怕马白把话题完全扯到足球上去，赶紧接着说："凌云，今天我把马白一起叫过来，是想问你一个问题。诗词大赛我们自己内部的选拔成绩出来了，你排名第二。成绩很好，可是你愿不愿意答应我，一起努力，拿下市里诗词大赛的冠军？我不想参加比赛是那个连训练都不参加，最后是抱着完成任务的心态去参加比赛的凌云。所以你想清楚之后再答应我。"

"我想清楚了，我会好好参加训练，也会好好比赛的。"

马白故意问了一句："为了什么？"

想了好久好久，凌云憋出一句似曾相识的话："为了文学。"

马白又问他："想清楚了？别后悔。"

凌云这一次没有说话。

O2

——

[特 训]

诗词大赛的类型，从回答形式看，主要分为两大种，一种是对应参赛者的题目，一种则是抢答题。对应参赛者的题目需要渊博的知识，抢答题除了知识外还要有抢答的技巧。

亮玥对训练做了详细的安排，力求每一个社员都能参与其中。亮玥、凌云、香琳、何萌排名前四，是重点特训对象；赵雨组的五人是场外嘉宾，也要参与训练；其他社员是训练师，负责寻找题库和出题。

亮玥要求每一天社团活动调整为一周五天，为的就是比赛前的训练。训练师每天都在更新题库，然后从题库中挑选不同的题来考参赛者，不求全对，只求错过一次就能记得。大家都很清楚，这样的比赛虽然也考平时的积累，但是更多的还是记忆，只要能够记得更加深刻、更加广泛，那么参加比赛就不成问题。

一周下来，参赛者基本上都能记得题库里面几百道题。有时候答题累了，亮玥也会组织参赛者参加抢答活动。

抢答需要答题灯，这种道具价格不菲，学校经费不允许。亮玥特意请教了小柯，让她帮忙出主意。

　　小柯从桌子上拿起了一个计算器："开了声音用这个，大学那时候我们就是这么训练的。你们要练到那种手指按在键上，把键按下去，可是还没碰到开关。一定要练出这种感觉，抢答的输赢就在这0.01秒之间。"

　　亮玥拿过了计算器，放在桌子上用手指试了一下。"归零"，"归零归零"，"归零归零归零……"

　　亮玥问其他老师借了三个计算器，拿回活动室跟凌云他们一起练。一时间，活动室充满了"归零，归零……"的响声。

　　从来没有人想过，原来抢答这个动作不仅仅是按灯这么简单，还要配合好手指的动作，抢占先机，而这个先机就是小柯所说的0.01秒。如果跟对手都同时知道答案，这个0.01秒就可以让你得分。

　　亮玥练了好久，一直都找不到那个将按未按的手感。按得轻了，按键根本不下去；按得大力了，"归零"又不断响起。如果这在赛场上，肯定不是被对手抢了分，就是没能答对倒扣分。

　　凌云却很快就练出了感觉，他说就像停球一样，又不能大力又不能太小力，要学会感受到弹簧的力道，把力泄去。

　　负责训练的社员让亮玥和凌云比试一下抢答，果然每一次都是凌云抢先。

　　除了记忆题库和抢答速度，还有另外一个要训练的内容，就是抢答技巧。

　　比如"'清明时节雨纷纷'的下一句是什么？"这样一道题，就可以这样拆解：

　　"清明/时节/雨纷纷"的/下一句/是什么？

　　"清明"一词在不同的题型里面有不同的意思，这时候就要发挥联想，包括二十四节气、清明别称等。

　　"清明时节"的时候，基本上就可以确定是在说这一句诗句。

　　"'清明时节雨纷纷'的"，听完就应该马上联想到作者、时间、背景等。

　　"'清明/时节/雨纷纷'的/下一句"，在听到"下"的时候，已经可以马上判断后进行抢答，答出下一句了。

　　诸如此类的技巧，亮玥归纳了不少，不断要求四个参赛者训练。

　　一中夜晚的校道不知道是不是因为没有那三个人，所以显得静悄悄的，好长一段时间亮玥走过校道，心里总会觉得有些冷，是天气原因还是心理原因？

　　这一晚并不觉得，因为有好朋友马白一起走，虽然凌云不在，但是还能找回以前的感觉，只是聊的话题不同。

　　"马白，凌云最近每天都去参加训练。"

　　"你感觉那是出于自愿还是为了完成任务？"

　　"不像是任务，他每天都会很早就赶过去，训练的时候又欢声笑语，偶尔还会开玩笑，应该是真心想要参赛。"

　　马白笑了笑："你以前总说你看人很准，可是我觉得你肯定看不准某些事。我还是觉得，凌云不是为了任务，也不是为了参赛，那是为了你。"

　　"别胡说，最近提到他，你总要提起这件事，他根本没那个意思。"亮玥有点生气，她不是经不起玩笑，但是听到马白的"玩笑"，心里不自觉就升起怒火。上一次马白提起这件事，她思考了一下，无果，便放弃了，或者说是拒绝去思考。

亮玥跟马白说要回宿舍，径直走了回去。

"别走那么快啊！"马白追了上来，"我说别走那么快啊！我道歉接不接受？"

"我接受了，但是你得受罚。"

"买雪糕给你吃可以吗？"

"这个以后可以。但是现在的惩罚是，你训练完要到'避风港'帮我们进行训练，特别是对接凌云。"

亮玥是在这句话脱口而出的时候，才想起自己的怒气从何而来。最近一段时间，她已经能够感受到凌云和马白的关系大不如从前。她想，自己是为了这段友情愤怒。

"嗯，行吧，我训练完就可以过去。"

因为马白每次训练都会到很晚，所以到文学社的活动室时，一般只有亮玥和凌云两个人。三个人没有了以前的三人行，但是有了三人特训。

03

———

[谣 言 再 起]

"凌云，去'避风港'了，快迟到了。"亮玥刚从习题集上抬起头，发现时间已经很晚了，班里剩下身后几个人，凌云还在。

"你忘了，今天我们组值日啊！"

"还真给忘了，我先过去跟香琳说一下，马上回来。"

等亮玥回来，组员都没在，剩凌云一个人在扫地。

"其他人呢？怎么都不见了？"

"她们说等你回来再搞卫生，先去篮球场看比赛，今天有其他学校的帅哥过来打球。"

"见色忘义啊这帮女人，要不我们先扫地吧，做完可以赶紧过去训练。"

"可以啊，一边打扫一边训练也行。"

"各人自扫门前雪的……"

"莫管他人瓦上霜。"

"哈哈哈，果然有成效，我都还没说完，你就说出答案了。"

"那是心有灵犀……"凌云还没说完，看到了亮玥脸上多了两抹红，"我是说心有灵犀一点通的……"

"身无彩凤双飞翼！"

"错错错，隔座送钩春酒暖。我是想问下一句。"

"耍赖，哪有你这么出题的！"亮玥正准备擦黑板，这时候拿起黑板擦跑到了窗边，准备用黑板擦抹凌云的脸。

亮玥最喜欢的夕阳，在这时候穿过了乌云，穿过了操场，穿过了窗玻璃，跑进了教室里。这景象有点像开学的那一天，只是站在窗边的不是马白，而是凌云。

"哦，你们开始打扫啦？"邱琪走进了教室，带着异样的眼光。

亮玥并没有回答，凌云答了一句："是啊，赶紧打扫完，我们还有事。"

"要去约会啊？双飞凤。"邱琪又带着笑容问了一句。

亮玥没跟凌云说过邱琪的事，她从来不在别人后面嚼口舌。但是这一刻，亮玥觉得有必要阻止凌云跟她说下去，可是已经来不及，而且凌云还说出了最不该说的话。

"是啊，约会，不过是一班人的约会。"

这一句话其实就像抢答题，而邱琪就是那种会急着抢答的人，她会只听前面一句。亮玥无法挽回这个局面，只好走回黑板前，继续擦黑板。亮玥这时看到的只有黑板，再没有夕阳。

距离诗词大赛还有一周的时间，亮玥已经自动屏蔽了宿舍、班级的所有事，如果可以，她连自己的生活都想屏蔽。她心里想的只有诗词大赛，脑海里浮现的只有"白日依山尽""落霞与孤鹜齐飞""执手相看泪眼，竟无语凝噎"这些诗词古文。

可是屏蔽不了的，还有一种东西：谣言。谣言这东西，你不去听，不去理，但是它们会萦绕在你耳边，而且会带很多不相干的人到你身边，不断地说着那些他们没有看到的事，说起来还言之凿凿，就像当事人并不在现场一样。

"高二的玥师姐居然在三角恋！"

"是那个学霸师姐？"

"是啊，于亮玥。一个男生是学霸，另一个是体育生。"

"高二那个师妹，最近听说跟两个男生谈恋爱。"

"哪个师妹那么有魅力？"

"于亮玥啊！"

"怪不得了！那么漂亮。那两个男生是谁啊？"

"一个是年级第二的马白，一个是成绩最好的体育生。"

亮玥再走进班里的时候，那些齐刷刷看过来的眼睛，像极了初中那些人。是不是无论过了多少年，他们都没有长大过，为何现在的眼睛看起来还是那样，对八卦充满了好奇？跟逛动物园的小孩子一样，只是多了一些幸灾乐祸和戏谑，是那种缺少管教的小孩子的表情。

更令人感到尴尬的是，黑板上多了一个大大的心，心里画着一个月亮，心外左边是一匹马，心外右边是一朵云。到底是什么人会做出这样的事？这些难道不是小学生、初中生才会做出来的吗？

亮玥想上前去擦，可是又觉得不合适，只好走到座位上坐下。静静地看着黑板上的画，这时候的专注，反而能消除掉身边同学的窃窃私语。亮玥并不是那种先入为主的人，可是她想不出除了邱琪，会有谁做出这样的事。

凌云是在早读课铃声响的时候走进教室的，这也是他平时的上课时间。他放下了书包，嘟囔着："今天不是我值日吗？你们还敢跟我捣乱啊？"到了黑板前，三下两下就把那幅画擦了，然后敲了敲黑板，"体育生，你们是知道的。别跟我捣乱，会吃不了兜着走的。"那种痞气，引得后排几个男生悄悄鼓掌。

亮玥没有分心去处理这件事，她以为自己是全身心投入诗词大赛中，其实不是。马白和凌云、香琳和赵雨都知道，她其实一直都很在意那些谣言，她只是不知道怎么去处理，宁愿当作什么都没发生。初中的阴影太大了，她走了好久还是走不出去。

这一晚，晚自习的下课铃声响起后，亮玥也没心思继续刷题。等她收拾完东西抬起头的刹那，她看到了窗外两个熟悉的身影，已经有一个学期没有看到两个身影齐整整地站在门口。那两个身影举起手，同时向亮玥打招呼。

"这个时候，你们一起过来，真的不怕……"亮玥惊讶地望着凌云和马白。

"怕什么？"马白反问。

"是啊，怕什么？"凌云也跟着问道。

这边还没说完，又有两个身影跳了出来："对啊，怕什么？"原来是香琳和赵雨。

"走吧，来一个五人行！"马白搭着凌云的肩膀，拉着凌云向楼梯走去。

这一个夜晚，一中的校道充满了欢声笑语。即使没有灯光，淡淡的月光也洒满了整条路，洒满了路边的花，洒满了闻着花香走在路上大声说笑的五个人。

"苦瓜"主任不合时宜地跑了出来："你们几个……又是你们三个，怎么发展成五人帮了！说，今天讨论的是什么议题？"

亮玥想了一下，说："我们在讨论谣言是怎么传播的。"

"苦瓜"主任想都没想就说了一句："坦荡荡如你们，何惧谣言？"末了，又补充一句，"愿你们的青春终不被辜负。"

亮玥突然觉得这句话特别耳熟，不知道曾经在哪里听过。

谣言终奈不了坦荡荡何。

即使谣言再如何传，别人的眼睛如何盯着看，凌云还是会等下课后约亮玥一起到文学社活动室训练。也会有些好事之徒偷偷跟在后面躲在门外偷看，亮玥发现时便大胆约他们一起进来参加诗词训练。马白每天训练完依然上楼找亮玥和凌云，毫无畏惧。久未成行的三人行现在也变成了五人行，香琳和赵雨总会抽出时间跟着亮玥一起散步。

最令人好奇的是，无论谣言多么猛烈、多么夸张，201班或者204班的老师也毫无反应，更别说学校的领导。亮玥跑去问小柯，小柯说："这也能算是一中的谣言？看来这三届的学生不行，还不如文学社活动室的鬼故事吸引人。"

学校不屑一顾，当事人不屑一顾，那个幼稚的谣言慢慢地也就消散了，像被风吹走的垃圾袋一样，一点点地在天空中隐匿不见。

14

第十四章　诗词大赛

马白在旁边，看到了凌云脸上掠过一抹红，也不知道是因为比赛前的紧张还是亮玥靠得太近。

Youth

OI

———

[小 组 赛]

"凌云，上台之后抓紧时间试一下抢答器，我们这边的抢答环节就靠你了。"

"没问题，我昨晚又加训了一个多小时，已经巩固了那种手上的感觉。"

这只是诗词大赛的县区级小组比赛，在喧哗的赛场上，亮玥只能靠近凌云的耳边大声喊，才能让凌云听清楚她的话。

马白在旁边，看到了凌云脸上掠过一抹红，也不知道是因为比赛前的紧张还是亮玥靠得太近。

马白对着身边"避风港"文学社所有参赛成员，一个个拍了拍肩膀。

凌云吐槽了他一句："你别搞得好像要送战友上战场一样嘛！越拍我越紧张。"

"战友啊战友，亲爱的弟兄……"

亮玥在旁边说："听你这破喉咙唱出来的歌，我好像也没那么紧张了。"

"当心夜半北风寒，一路多保重。送战友，踏征程……"

第一次参赛的紧张感，随着比赛的进行，已经慢慢消失了。亮玥参加完第一轮"常识题问答"，已经在心里给自己树立了自信，再瞧瞧其他组员，原来他们也已经放松下来。那些因为紧张而紧绷的脸，这个时候已经露出了笑容。

亮玥走过去，跟他们一个个击掌，然后自信满满地说："下一轮是抢答题，争取碾压他们，打击他们的信心，面对这样的对手，接下去就没难度了。"

"避风港"派出凌云做抢答题的选手，他上台后，马上尝试了一下抢答器的手感，捕捉到那种将连接又未连接的状态。站在台上的其他选手，都迟疑地望着凌云，猜不出他在做什么。

凌云心里笑笑："即使没有难度也要认真对待，就当是为后面的决赛练兵。"

第二轮抢答题下来，凌云凭借着领先的0.01秒，几乎抢到了所有的题目，将比分一直拉到了60分，而其他三个队伍只有可怜的20、20、25分。

最终的比赛结果，"避风港"以遥遥领先的分数占据了小组赛第一名出线，将在第二个星期挑战市级比赛。

O2

———

[**晋 级**]

　　像是要给大家惊喜一样，市级大赛主办方在介绍比赛的时候，突然说出了一个彩蛋：参加完市级比赛之后，获得第一名的队伍将会代表市参加省的比赛。如果再次获得第一名，将代表省参加全国大赛。

　　"我想拿到全国冠军！"凌云看着亮玥说。

　　"哇，想不到你真的壮志凌云啊！"

　　凌云却马上泄了气："我只是替你说的哈。"

　　全国大赛看起来并不是那么遥不可及，即使遥不可及，亮玥心里也不曾惧怕去争取。她觉得自己对于"避风港"的使命，就是带领它取得诗词大赛的第一名。这一次如果不努力，不知道下一次还有没有机会。

　　"加油！"他们摆了一个圆阵，手叠着手为各自鼓劲。

　　比赛的形式基本一样，分为三轮，第一轮是"诗词常识题"，第二轮是"诗词抢答题"，第三轮是"诗词填空题"。第一轮三十道题30分，第二轮二十道题40分，第三轮三十道题30分。参赛选手由队伍各自选择，不限制上场人数或次数。

　　因为抢答题表现突出，凌云已经被定位为抢答题选手，一定会参加第二轮比赛。第一轮和第三轮比赛，为了稳妥起见，大家一致推选了亮玥。

这一次的市级比赛，终于有了一种来自对手的压迫感。总共五支队伍，差距并不明显。第一轮比赛下来，"避风港"与另外一支叫"鹿鸣"的队伍在前面领先，后面三支紧追着不放。

第二轮比赛，凌云手速虽然快，但是跟"鹿鸣"的队员还是势均力敌。一轮比赛下来，终于把后面三支队伍甩开了，但是分数却比"鹿鸣"少了1分。

第三轮比赛，两队都是紧咬着分数，谁也不让谁，终于，以相同的比分进入第四轮比赛——主办方自己增加的"加时赛"，以做动作猜诗词的形式来展开最后的争夺。

"这样的玩法都想得出？怎么可能猜得出，诗词不比成语，好多都是意象性的词句。"香琳在台下急得直拍大腿。

马白分析道："很明显，主办方现在就是觉得哪支队伍胜出都行，所以提出了这么一道题，看的就是哪支队伍更加幸运。希望幸运女神站在我们这边。"

两支队伍一起上了台，"避风港"这边安排凌云做动作，亮玥来猜。"鹿鸣"那边也是由一个男的做动作，女孩子猜。

马白他们看着"鹿鸣"先抽了签，是李清照的《醉花阴·薄雾浓云愁永昼》；凌云也慢吞吞地抽了签，是苏东坡的《江城子·乙卯正月二十日夜记梦》。无论哪一篇，都没有做动作的头绪。

"鹿鸣"的队员这个时候正在低头沉思，凌云却开始了极其怪异的动作。他退后了几步，装作助跑，然后像射门一样狠狠地踢出了一脚，接着又指了指自己的头，假装摔倒在地。

"惨啦惨啦！这是压力太大傻了吗？还是说他被球踢傻了？"香琳拉着马白，紧张地问。

"不是，他这是应该在说他们初中那一场误会，你看，那时候亮玥不就是被球踢到然后摔倒在地吗？难道凌云要在这个时候道歉？"

凌云把整套动作做了三次，惹得所有人的眼光都聚焦在他身上，连"鹿鸣"的队员都傻傻地盯着他。

可就是在所有人都发呆的时候，亮玥却缓缓地说出了一个词牌名：《江城子》，然后念出了这首词：

> 十年生死两茫茫。不思量。自难忘。千里孤坟，无处话凄凉。纵使相逢应不识，尘满面，鬓如霜。
> 夜来幽梦忽还乡。小轩窗。正梳妆。相顾无言，惟有泪千行。料得年年肠断处，明月夜，短松冈。

除了两位当事人，没有人知道这是为什么。所有人都说这是奇迹，但亮玥觉得，其实也只是命运开的玩笑罢了。

03

——

[聚 餐]

市级比赛后，已是傍晚时分。参加比赛的几个人走在归途，亮玥提议一起在校外吃一顿大餐，庆祝市级比赛的夺冠。

亮玥心情并不是很好，与其他人相比，她更像是愁眉苦脸。因为一场比赛的胜利，意味着另外一场比赛在等待着他们，亮玥渴望着的是下一场比赛的胜利，还有下下一场。只有在全国比赛中胜出，才是最高的荣耀。

凌云述说着自己的感想："我还以为只有足球才是圆的，原来这样的比赛也是圆的。本来以为这种题目，我们肯定猜不出，哪知道就抽中了初中时候背得滚瓜烂熟的词。"

"我猜得到你那个动作是在说初中的事，但是我真不知道为什么亮玥一看就能猜出来。"

凌云看着亮玥："亮玥可能还没说过，她初中的时候上台表演朗诵，朗诵内容就是这首词吧？那时候的她朗诵得特别有感情，台下的我们都感动得要流眼泪。"

亮玥拍了凌云的头，脸又红了："哪有那么夸张啊，快吃饭快吃饭。"

大家笑了一阵都开始动碗筷，亮玥想起了一件事，又让他们停了下来："来来来，再告诉你们一件开心的事，虽然是我自己的事，可是我真的很想很想跟你们分享。我之前申请的一个花洒专利审核通过了，我也是一个拥有专利的人啦！"

"恭喜恭喜！"

"厉害啊，我们的社长！"

"哇，专利都申请到了，不愧是我们的社长！"

这一餐晚宴就在大家的欢声笑语中度过了。

回到学校，还得继续晚自习。

亮玥收到了凌云发来的一条信息：亮玥，突然想起往事，再次跟你道歉。如果那时候我能够更勇敢地挺身而出，事情估计不会闹成这样。PS.我想再说一句，这是我初中没说出来的话。我喜欢你。

不知道应该如何回复，亮玥拖了好久，一直没再打开手机。直到另外一条信息发来：哈哈，我并不是想要得到你的答复。我只是不想像初中一样留下遗憾，所以那句话一定要说出来。我也不想像某人一样，连说那句话的勇气都没有。希望我们下一次比赛继续夺冠！

04

[失 利]

并没有像凌云期望的一样在省级比赛中也能胜出，"避风港"三轮比赛下来，排名只是第五。一群意气风发的少年，在第一轮比赛的时候已经见识到了跟他人的差距；第二轮比赛更是完全落后；第三轮比赛亮玥再如何努力，也挽救不回，败局已定。

一股沉重的气息弥漫在"避风港"所有队员之间，包括来当啦啦队的马白和小柯。亮玥的心里虽然也伤心，但是这种挫败感却令她心中生出了其他念头：

在这个社会中，自己不过是一个小城市的一所中学的顶尖学生，在学校里面跟其他人比较，成绩是遥遥领先的。可是出了市，到了省里，又会被其他人比下去，这也解释了为什么人们说进江南一中的学生是一只脚跨进清华、北大的，而不是两只脚。这是考试成绩，而除了成绩，除了学校学到的东西，还有其他方面的知识，比如科技知识、天文知识等，肯定又比不上别人。就如古诗词的积累一样，自小学以来就不断地看书，可是到了省级比赛，还是很快就被人比下去。

不甘心输。

不甘心落于人后。

不甘心比别人弱小。

一直以来，自己就是为了变得更加强大，所以才改变自己。像初中的朗诵比赛，像转学后的改变，像当选班长，像运动会，等等。

最后这场比赛或许是失利，但是这种失利并不可怕，反而让亮玥认识了自己。

15

第十五章　告别

对于亮玥来说，高考也只是一种形式，她不介意挑战高考，但是挑战后的成绩也只是为了验证自己的能力，而非人生的路标。所以当师姐的讲座开完后，亮玥决定除了复习高考，她还要做一件更值得去花时间的事，那就是准备出国留学。

Youth

OI

—

[自 我]

高中生活已经过去了大半。

经过了快两年的时间，亮玥和这个学校之间的距离已经渐渐拉近，从不熟悉校园、不熟悉班级和同学，到参加校运会，与凌云、马白成为铁三角，到最后的五人帮。

这个过程犹如一粒漂泊的种子终于找到了可以生根发芽的土地，并在这土地上扎稳了根，只需要按照自己的需求汲取养分，专心成长，就可以变成一棵参天大树。

亮玥觉得自己是幸运的。有凌云和马白在身边，虽然中间有很多插曲，但最终并没有影响三个人的感情。亮玥喜欢他们和她相处的样子。从小到大她总是惹来很多好奇的、羡慕的、妒忌的目光，只有凌云和马白把她放在和他们一样平等的位置上，不会因为她的性格、外貌、成绩而有所不同。亮玥喜欢这样的感觉，他们之间没有那种距离感。因为有他们，所以亮玥并不觉得孤单。

她曾经想不通为什么被恶意中伤的总是自己，而且这些流言蜚语往往具有极大的传播力。马白说了同样作为学霸的角度，或许每次她的负面消息传出来，都满足一些人的猎奇心态：看呀，所谓优秀的学生不过如此。亮玥的形象越是堕落，就越是符合他们对人的阴暗的想象。

　　亮玥却从自己的角度想出了一个观点：因为人都不甘于落后于人，她自己清楚地知道这一点。她对身边的所有人都没有恶意，但是也没办法去喜欢每一个人，不能表达出对所有人的关心——尽管有人向她求助的话，她还是会尽全力地帮忙。而那些没有接触过亮玥的人，那些对她的印象只来自于那些充满恶意的轰动的消息的人，那些本身就抗拒她的人，当他们落后于自己的时候，不仅会对她拥有的一切产生好奇和妒忌的心理，更有可能产生仇恨。

　　"'凭什么她拥有得那么多？'这大概是大多数人对我的想法吧。"亮玥在那天的日记上写下这一句话。她呆呆地看了很久。周日午后的阳光从远处的窗边洒了进来，她一低头，才发现那阳光已经悄悄地铺到她脚下——她已经写了太久的字了。亮玥的目光又看向那句话，她突然笑了。"这未免把自己看得太高了，不是人人都因为我没有向他们表达出我的善良才讨厌我的，而我也不需要靠着别人的喜欢活着。"亮玥这样想，把自己的那两页日记撕了下来，揉成一团，丢进废纸篓。

　　花了一个下午写了一些乱七八糟的事情。亮玥突然觉得这样的自己有点陌生。为什么呢？那个充满干劲的少女怎么突然就回想起这些不堪回首的事情了？

　　亮玥这才察觉到过去的经历对自己的影响。她一直在试图逃避这些影响，然而却没有意识到自己早就已经深深地陷了进去。如果说那些不了解她的人对她有偏见，那她又何尝不是呢！自从邱琪的事情发生之后，她躲在图书馆拼命学习，很少回宿舍，也很少和别人谈心。选择马白和凌云做朋友，也似乎只是一个偶然的事件，并不是她的选择，而是马白和凌云走进了她的世界里。她总是认为那些获得了一生的挚友的幸运儿也只是世界上的少数人，大多数人最终将会孤单地度过自己的一身。亮玥曾经是这么认为的，可是现在她和马白、凌云之间的关系，不就恰恰说明她自己就是这么一个幸运儿吗？或者说，其实根本就不存在什么幸运儿，关键是你自己愿不愿意敞开心扉和别人交往罢了。

春天悄悄地就过去了，夏天的闷热悄悄登场。喜欢运动的男生们大多换上了短袖短裤，女生脱了稍微宽松的外套，也显现出了青春期少女的优美线条。

今天是周一，亮玥回到学校突然发现了这种由春到夏的变化。早读课之前，亮玥略有所思地看着门口发呆，看见了凌云穿着袜口带条纹的高筒足球袜加运动短裤，拿着足球匆匆回到了课室，与亮玥相视一笑又迅速坐下，从抽屉拿出一本英语的练习册，快速地翻到某页写了起来。不知道从何时起，凌云已经开始了早晨的足球训练，他似乎又确定了自己的路应该怎么走，所以训练完回到教室会继续学习。

赵雨和她的同桌抱着一堆练习册在讨论些什么，秋天的长袖校服耷拉在一旁的凳子上。赵雨现在也比较少到"避风港"，把越来越多的时间投入学习中。

连旁边座位的邱琪，此刻也是在埋头写着什么，记忆中的邱琪，以前早读课前都是在跟同桌讨论什么时尚杂志。

亮玥猜想，马白这个时候是不是在刷数学题；香琳这个时候是不是在背公式……

一种奇怪的感觉涌上亮玥的心。这不像往常的学期末尾，大家都变了，变得勤奋，变得沉稳，却不是因为临近期末，也不是因为夏天的到来使大家不再对课业犯困，而是大家心里可能都有一个说远不远的目标——高考。

亮玥突然懂得为什么周末的时候她花了大把的时间在思考自己过去的高中生活了，因为从这个学期的中段开始，她就已经闻到了班级里开始紧绷的气息，以往的一切纠葛都要让位给这个更大的目标。大家都与这所学校、这个班级磨合完毕了，竞选班长、宿舍矛盾、谣言、过去比赛的失败……这些事情已经彻底地成为过去时，只剩下一个旁人看不到的伤疤留在了当事人的心里，如果自己选择不去面对，这些往事就有可能变成经久不去的阴霾，影响着自己的一生。

时间仿佛停滞在这一刻了。未来高三一年的生活似乎都已经浓缩在了一天，亮玥似乎把这种生活一眼看到了头。亮玥明白她对这种学校生活的方式不会爱得更深，她对这个班集体的感情亦如是。这种刚刚好的状态是过去两年，她与学校、班级磨合出来的；每一个同学，都会有自己的"刚刚好状态"，能让他们在这个集体里面舒适地活动，又能使他们专注在自己的学习上。其实学校的态度大概也是如此，它只为学生制造一个合适的成长环境，让大家向着一个最终的目标出发。所以这个学期开始，学校针对高二学生的活动也少了很多。高一丰富的活动差不多已经足够让大家找到自己的特长和爱好，很多人在选择文理分科的时候都会情不自禁地回忆起自己高一参加某场活动时的感受。对古诗词比较感兴趣，还是对航模比较感兴趣，一个活动就能让人了然于心。

02

———

[**哲 学 课**]

　　这个学期政治课讲到哲学，老师说，苏格拉底有一句简短的名言，"认识你自己"。那个时候亮玥就惊呆了，她从前一直认为，自己有什么可能不认识自己呢？但是这个想法作为一个错误的常识，在被哲学的问题击倒之前，是从来未被亮玥察觉的。然而现在，亮玥才发现，也许正是自己才最不了解自己呀。自己曾经向往清华、北大，到底是因为什么呢？亮玥一时想不起来当初是因为什么了。现在想想，难道不是因为那些著名学府被口耳相传的名气？难道不是因为这些学校是优秀的代名词，所以自己才会那么想，成为里面的一员？名校光环笼罩之下的人，真的就是一个优秀的人了吗？亮玥产生了怀疑。我们是一个怎样的人，难道不应该由自己去定义？亮玥突然回想起入学的第一天，那么多师兄师姐在教室外好奇地围观。亮玥回想起这些目光的时候突然觉得芒刺在背，浑身发毛，怎么？原来自己也一直被笼罩在表皮的光环之下，别人只注意到了自己的外表和成绩，从来不觉得这之下还会有一个跳跃的灵魂？

　　亮玥已经想好，以前想考个好成绩，进清华、北大，是受了整体氛围的影响，那么现在的她已经了然，成绩对于自己并不重要，重要的是她并不想落于人后，她只是想要挑战，想要从一座高峰攀向另一座高峰。

　　亮玥不禁叹气，到底是环境塑造了自己，还是自己就能造就自己？

　　这些问题对于一个高中生来说太大、太难、太混沌。如果不由这些外在的东西去定义自己，那自己应该如何定义自己呢？亮玥还没有想好，就被上课的铃声打断了思路。

　　课代表们此起彼伏的催交作业的声音因为铃声戛然而止，几乎所有的人都看向课室的前门。一秒、两秒、三秒……本来应该出现的老师却没有如期而至。几秒钟之后，安静的课室突然又充斥了细碎的私语，讨论着老师怎么还不来，是迟到了还是这节课调课了。

　　亮玥下意识地把目光看向窗外，她看到政治老师匆匆地抱着书穿过操场向自己这栋楼走来。周一的第一节就上政治课，对于大多数人来说是一件很沉闷的事情，但是对于亮玥来说却不是。她很喜欢给他们上政治的老师。政治老师是一个三十多岁的少女。为什么说一个三十多岁的老师是一个少女呢？亮玥也说不清楚，并不是老师长着娃娃脸，也不是因为老师喜欢Hello Kitty，而是老师身上有一种少女的活力感，她总是会发问，问题与课本上说的不一定有关系，但是很有趣。而且这个学期上关于哲学的课，老师问的问题实在是亮玥以前从来没有想过的，老师一提问，亮玥仿佛就打开了一个新世界的大门，察觉到原来这个世界上还有那么多如空气般容易让人视而不见，却又无处不在且重要的问题。每次政治课都让亮玥想了很多很多，老师也不会提供标准答案，没有对错，只要是自己的想法，老师就引导和鼓励，这就让亮玥更加喜欢她了。

　　"很抱歉，同学们，我们开始上课吧！"回过神来，政治老师清脆甜美的声音已经在课室的前门响起，亮玥才发现自己最近真的是想得太多，只要一闲下来，脑子就会思考很多大的问题。但是她知道，这些问题没有答案的话，她是很难走下去的。

"很多同学都知道本科之后是硕士，然后是博士，那么大家知道博士的缩写是什么吗？"政治老师问。"Ph.D"一个平时很沉默的同学突然回答了一句。"没错！就是Ph.D，"老师说，"Ph.D其实就是doctor of philosophy的缩写，philosophy大家都知道咯，就是哲学，在西方，他们认为所有学科到了很深入的研究地步的话，就都是一门哲学的科学噢。"

Ph.D=doctor of philosophy

亮玥在课本上写下这句与考试重点无关的话。她不知道这个知识有什么用，但是她觉得很有意思。她想起了在这学期的课的开始，老师介绍朴素唯物主义的时候，她说道：困扰那些哲学家的问题是"宇宙的本原是什么"这样大而宽广的问题。在当时生产力如此不发达的社会中，能够提出这样的问题，是很不容易的。人类并没有为了自己的温饱在大地上匍匐着，而是抬起头看了一眼星空，望向了浩瀚的宇宙。了解到自身的渺小，却坚持不懈地叩问着生存的意义，这就是人类的伟大。

是啊，亮玥想。那些伟大的思想家，不管生活是否优渥、皮囊是否俊美，都不能阻碍他们自己的思想就是一个宇宙。如果没有思想先行，人类的肉体根本就不可能走出地球。亮玥希望有一天，自己也能达到这种境界，为人类的未来做一些贡献。她一边听课，一边写下自己的想法。

凌云在政治课堂上就翻起了英语学案。他的成绩在体育生里面算好，但是对于学习的态度始终不比其他学生，昨天老师布置的英语作业还没有做呢！他一定没有想到，在他还处于懵懂的学生状态的同时，亮玥已经思考到了更多更远的东西。凌云对政治老师也是有好感的，但却不是因为老师的思想，而是因为老师对他在课堂上补作业的行为有时候睁一只眼闭一只眼的——当然，凌云也不总是如此，有时还是很认真听的。不过嘛，总有些突然情况须要赶作业，他对老师的宽容是很感激的。

马白上课前盯着语文书，心里想的却是关于未来的事情。比如说，考哪所大学呀、差距有多少呀、未来一年应该怎样办呀这类的问题。他也知道自己想得太远了，这个学期的期末还没有结束呢！胡思乱想了一通，好不容易熬过了一节课，下课铃一响，他就迫不及待地走到201班。

"你有没有想过要考哪所大学？"马白迟疑了一下，还是问了亮玥这个问题。他心里有点希望能和亮玥继续在同一所大学上学的。

"嗯……其实我没有想好，如果要考的话应该也是清华、北大、复旦之类吧。"亮玥也有些犹豫，这个态度让马白有些好奇，他一直以为亮玥肯定已经做好计划。

"嗯，反正也还不急。"马白一挥手就跑了出去，凌云的不用问，他肯定是报体育专业学校。

马白前脚刚走，凌云也走了过来。亮玥打趣地跟他说："嗨，凌云，英语作业补好了吗？"

凌云不好意思地笑了一下："政治课的时候补好了。"

"政治老师这么可爱也不给点面子啊？"

凌云却定定地看着她。

"怎么啦？"亮玥被看得有点不自然，平常的凌云可不是这个样子。

"我想，现在已经高二的下学期了，你对未来有什么打算没有？"凌云不敢问亮玥打算考哪所学校，因为比起亮玥，他的成绩要差很多，就算是体育特长生也不行，只好问了一下亮玥未来的打算。

"噗！"亮玥突然笑了出来，"你跟马白商量好的？一个个都来问我这些问题，我还没想好呢！"

凌云不好意思了，轻声说了句"这样啊……"然后铃声就响了。高中的下课时间总是特别特别短，但是凌云觉得这上课铃声此时却像是救星一样！他赶紧回到了座位上。

被马白和凌云这样问了之后，亮玥已经可以肯定她感受到的变化是真的了。她对这种凝固于一时一刻的循环生活有些抗拒。阳光透过玻璃窗照射进课室，刚擦过黑板之后飞扬的粉笔灰清晰可见，亮玥突然觉得有点窒息。

不如出去看看吧！不知为啥脑海里突然闪现了这个想法。亮玥吓了一跳，但回过神来仔细想想，这也不失为一个好的方案。

03

[高 三]

高二升高三的暑假总是过得特别快——因为只有一个月。老师们为了赶复习进度，免费给学生补了快一个月的课，漫长的暑假便骤然缩短了一半。大家都毫无怨言，也快快乐乐地接受这个缩水的暑假。

这一年，暑假过得非常快。回到校园，大家都领了新书之后便各自清洁自己的位置，充满信心地准备迎接新学期。

凌云的状态再也不像高一、高二那样，两年来的经历，让他更加清楚地认识到自己的路应该怎么走。足球就是他的全部。这样的认识并不是因为父亲的安排，而是因为他准备放弃足球的时候发现自己内心是非常痛苦的，他对足球的热爱是一天天积攒起来的，并不是因为父亲。足球这条路走下去，他自己的人生才会更加圆满。

父亲第一次看到这样的凌云，出动了自己所有的关系帮他联系俱乐部。凌云自己则在巩固文化课的同时，接过了马白的队长职位，不断提升自己的足球技术和领导能力。

不再感觉到迷茫的人生，让凌云充满了干劲。

这一年，马白意识到自己离偶像林寻越来越近了，他放弃了所有的娱乐活动，一心扑在高考复习上。

不再是足球校队队长，不再是体育委员，减少了"三人行"次数，增加了在图书馆的学习时间。马白知道学习不仅仅靠聪明，还要靠努力，特别是将要到来的高考。语文、英语基本上只能依靠记忆，很少技巧可言，即使是理科的其他科目，也有很多要点需要记忆。可是记忆最需要的就是时间，没有时间是没法好好记下来的。

要有得必须有所舍弃。马白认为高考对于他来说，是人生的一道阶梯，跨上了这道阶梯，自己将会站得更高，看得更远。更何况，还有一个长期以来刺激着他的目标：林寻。即使马白将他当作偶像，但其实内心也一直有一种不服气，追上他，超越他，是马白另一个理想。

为了目标，两个目标，马白愿意舍弃很多的东西。

这一年，好与坏两个字不足以形容亮玥的生活。因为这一年以来的生活实在太丰富了，所有的时间都被榨光了，说是好，不对；说是不好，也不对。这其中的意义，或许只有她自己才能明白。

人生是自己走的路，人生的意义也只有自己才能真正了解。

就像一年前，那位回到一中演讲的师姐。师姐是清华大学在读的学生，学校邀请她到来，自然是为了激励高二升高三的学生。所有的一切，都是为了让即将高三的学生能够对高考有更全面的认识，有更激情的心态。这位师姐，对于以前认识她的老师来说，是一个适合做动员会演讲的人选。因为曾经的她目标明确——清华大学，排名靠前，充满激情。

然而到了演讲台上的她，却成了另一个人，背了另外一份稿。高考于她而言，并不是决定她以后人生的一个选择。之所以参加高考，只是因为她认为高考很简单，她要证明给所有的人看。以后的人生要怎么走，她能够自己选择，而不是靠这样一场考试。

当人们看到这样一个学霸的时候，会以为这是一个为了追求成绩而奋斗的人，但其实很少有人留意到她不在意分数，之所以考得高分，只是为了自己的某一种挑战，她想要的是更深层的东西。

对于亮玥来说，高考也只是一种形式，她不介意挑战高考，但是挑战后的成绩也只是为了验证自己的能力，而非人生的路标。所以当师姐的讲座开完后，亮玥决定除了复习高考，她还要做一件更值得去花时间的事，那就是准备出国留学。

好多机构都说以亮玥这种成绩，高三还要分心去准备留学不值当。可是谁都没有想到，在亮玥澎湃的内心，高考对于她来说只是一种挑战，考到能够被清华、北大这样的学校录取的成绩，只是为了证明在全国同一年龄中她是优秀的一分子。当然留学也是一种挑战，但是这个挑战的真正目的是进入世界排名靠前的学校，在这样的学校中更好地锻炼自己；而一边进行高考的复习，一边准备留学，对于亮玥来说，更像是一种赌博性的挑战，能够产生刺激的肾上腺素，让自己更有激情去复习。

所以，高三这一年的生活，除了一直以来的上课、社团之外，亮玥还要准备雅思考试、挑选学校、收集资料、撰写论文……

即使忙得晕头转向，可是亮玥却发现了一句老话说得很在理：时间就像是海绵里的水，挤一挤还是有的。

04

[最　后]

在绿茵场上，有一个长得高大的前锋正在奔跑。即使他只是一个年轻的替补，但是身体素质、脚下技术都很好。他带着球突破了对手的最后防线，一脚射出，足球从守门员两腿中间射进网里。球队的比分反超为2∶1，终场哨声响起。

面对着长枪短炮，他自我介绍说："我叫凌云，壮志凌云的凌云！"

到了休息室，他给远在英国的朋友发了条信息："破例被选进中超后，替补了五场联赛，今天终于有机会站在场上，进了一个球！如果你当时不留学，你现在就可以在北京工人体育场看我首秀了。"

北京大学的经济学院，有一个阳光帅气的男生正对着眼前的数字发愁。他列出了一条条公式，变形、反推、重新计算，可是得出的结果还是让人不甚满意。

老师在他背后敲了一下头，说："马白，别钻牛角尖。"他摸了摸头，突然算出了答案。回到宿舍之后，他写了一封长长的邮件给远在英国的朋友，把今天碰到的难题写在里面，并附上留言：虽然高考的数学分数比你低，但我不信这一道题你能解得比我快。你说，如果当时你不留学，在北大这里我们谁会更厉害些？

牛津大学贝利奥尔学院图书馆后面的大树下，路过的学生经常可以看到一个留着长头发的中国女孩，她喜欢在这棵树下发呆，在这棵树下看书，在这棵树下观察着过往的行人。她俊俏的脸上经常挂着笑容，对每个路过的人露出灿烂的笑容。

她拿出了手机，看了看朋友发来的信息和邮件，她笑得好开心。

书被她一页页地翻过去，翻到了封底，她拿着笔在上面写下了两行文字：

愿你的青春终不被辜负

于亮玥